夏目漱石／著

高詹燦／譯

少爺
坊っちゃん

夢十夜
ユメ十夜

少爺

夢十夜

少爺

坊っちゃん

少爺
坊っちゃん

一

父母傳給我的魯莽個性，讓我從小吃盡苦頭。小學時候，我曾經從學校二樓一躍而下，就此閃了腰，足足痛了一週之久。或許有人會問「你怎會如此胡來」，其實也沒什麼特別的理由。一切只因當時我從新蓋好的二樓往外探頭，有位同學開玩笑對我說道：「我看你再神氣，也不敢從這裡往下跳吧，膽小鬼。」當學校工友揹我回到家時，我爹瞪大眼睛對我說：「不過是從二樓往下跳，竟然也會閃到腰。」我聽了之後應道：「那下次我跳給你看，保證不閃到腰。」

有回某位親戚給了我一把西洋小刀，我抬起那漂亮的刀刃讓陽光照在上頭，向朋友們展示，結果其中一人說：「是挺亮的，只不過看起來一點都不鋒利。」我向他拍胸脯保證：「怎麼會不鋒利，不管什麼東西，我都能切給你看。」

「既然這樣，那就切下你的手指來看啊。」——只因對方提出這個要求，我回了一句：「什麼嘛，原來只是切手指這種小事，看仔細啦！」就此斜斜一刀切進右手大拇指的指甲裡。所幸那是把小刀，加上我的指骨夠硬，所以現在我的大拇指還在。不過，當時留下的刀疤，注定會跟著我一輩子。

從我家庭院往東走二十步，偏南處有座小菜園，中央立著一株栗子樹。我把栗子看得比自個兒性命還重。每當栗子成熟時節，一早起床我就會走出後門，撿拾掉落地面的栗子，在學校裡享用。菜園西側，與一家名爲「山城屋」的當舖庭院相連，這家當舖老闆有個十三、四歲的兒子，名叫勘太郎。不用說也知道，勘太郎是個膽小鬼。但他雖然膽小，卻還敢翻越竹籬前來偷栗子。

某天傍晚，我躲在折門後，終於讓我逮個人贓俱獲。當時勘太郎見無路可逃，卯足全力朝我撲來。他大我兩歲，儘管膽小，力氣可不小。當他用大頭抵住我胸口用力往前推擠時，突然頭一滑，鑽進我衣服袖口裡。在這顆頭的阻礙下，我的手無法動彈，於是死命揮著手，卡在我袖口裡的那顆腦袋也跟著左搖右擺。

最後他覺得難受，直接從袖子裡咬住我的胳臂，我一吃痛，便將勘太郎推向樹籬，往他腳下一絆，讓他整個人往前摔。山城屋的地勢比這座菜園低六尺（一．八公尺）。勘太郎將竹籬撞垮了一半，倒栽蔥跌進自家領地，悶哼一聲。他跌落時，我的衣袖跟著被扯下，手頓時重獲自由。那天晚上，我娘到山城屋去道歉，順便要回我那半邊衣袖。

除此之外，我還幹過不少惡作劇。我曾經帶著木匠家的兼公和魚店的阿角，去茂作家的胡蘿蔔園大肆破壞。當時胡蘿蔔的新芽還沒長齊，我們鋪上一層稻草，三個人就這樣在上頭玩了半天相撲，結果胡蘿蔔全被我們踩得稀巴爛。也曾經將古川家水田用的水井填平，被興師問罪。那是將粗大的孟宗竹裡頭竹節打穿，深深插進土中，讓水從內湧出，以此灌溉附近稻田的一種機關。當時我不瞭解它是怎般結構設計，還把石頭、木棒一味地往井裡塞，直到目睹井中不再冒水，這才回家吃飯，結果古川氣得漲紅了臉，跑來向我咆哮。記得最後好像是花錢了事。

我爹可說是一點都不疼我，至於家母，則只知道偏袒我哥。我這位哥哥膚色白淨，喜歡學人演戲，反串扮女裝。爹每次看到我總會說：「這小子以後不會是個好東西。」家母也說：「這孩子無法無天，前途堪憂。」——結局如各位所見，我確實不是什麼好東西，也難怪家母替我的前途擔憂。我就只是這樣賴活著，只差沒進監獄吃牢飯。

家母病逝的兩三天前，我在廚房翻筋斗，結果肋骨撞到爐灶的邊角，痛得我死去活來。家母怒不可抑，對我說：「我再也不想看到你！」於是我便到親戚家借住。過沒多久傳來家母的死訊，我作夢也沒想到家母竟會這般早逝。我心想，早知道是這等重病，我安分一點就好了，遂此返回家中。哥哥一見到我，便說我是個不孝子，娘是因爲我才這麼早死。我聽了好不甘心，打了他一巴掌，又換來一頓臭罵。

母親死後，剩下我們父子三人同住。我爹賦閒在家，一見人就說「你這個人沒用」，已然成爲他的口頭禪。我到現在仍舊搞不懂「到底是怎樣沒用」，我爹這個人還眞是莫名其妙哩。我哥說他將來想成爲一名企業家，勤練英語。他的個性原本就像娘兒們，再加上爲人狡詐，所以我們兄弟倆向來形同水火，平均每十天總會吵上一回。有一次我們在下將棋時，他使出卑鄙的「待駒」①，見我爲之

①在日本將棋中，預先以棋子布局，阻斷對手王將去路的棋步。

發愁，竟喜孜孜地在一旁冷言揶揄。我氣不過，抄起手中的飛車往他眉間擲去。他的眉間立即皮開肉綻，微微滲血，就此跑去向我爹告狀。我爹氣得直嚷要和我斷絕父子關係。

當時我自認在劫難逃，心中已有所覺悟，以爲這回眞的會被斷絕父子關係，這時，在家中工作十多年的女傭阿清哭著向我爹賠不是，我爹甫才逐漸平息怒火。儘管如此，我並不懼怕我爹，反倒是對阿清這位女傭有點過意不去。聽說阿清原本出身不凡，只是後來幕府瓦解，就此家道中落，最後淪爲當人奴僕。如今她已是個老婆婆。不知道爲什麼，這位老婆婆對我疼愛有加，說來還眞是不可思議。連家母都在她死前三天放棄了我，我爹也一直拿我沒轍，市內每個人淨當我是粗暴的小惡霸，對我百般鄙夷，就唯獨阿清特別看重我！我自知個性不討人喜歡，對此早已看開，儘管別人待我如敝屣，我也不在乎，阿清卻對我呵護備至，令我百思不解。阿清常在廚房四下無人時誇我：「你爲人耿直，這樣的好性情實屬難得。」但我不懂阿清這番話的含意。如果我性情眞有那等好，那麼，阿清之外的人應該也會和善待我才對呀。每當阿清對我這麼說，我總會回她一句：「我討厭聽恭維的話。」阿清聽了答道：「這樣就是好性情啊」，然後開心地凝望著我。看起來活像是她一手打造了我，相當以我爲傲，看了教人有點心底發毛。

家母死後，阿清更加疼愛我。我幼小的心靈常對她爲何如此疼愛我感到納悶，也常心想：「眞是無聊，大可不必這樣對我。」同時對她感到歉疚。不過阿清還是一樣疼愛我，不時自掏腰包買金鍔燒和紅梅燒②給我吃。在寒冷夜裡，她會事先悄悄買好蕎麥麵粉，在我不注意時將煮好的蕎麥湯端至我枕邊。有時甚至會買鍋燒餛飩供我解饞，而且不光只有吃的，連襪子、鉛筆、筆記本，她也都會買來送我。後來有一次她甚至還借我三圓呢，儘管我沒開口向她借。那是她主動來到我房裡，對我說：「沒零用錢很傷腦筋對吧。這拿去用吧！」我當然回答我不需要，但她一定要我收下，我只好借來一用了。其實我開心極了。我把那三圓放進錢包揣入懷中，結果上茅房時不小心掉進糞坑裡。不得已，只好拖著沉重的步伐來到阿清面前，告訴她實情，阿清聞言後馬上找來一根竹棍，說會幫我撈上來。過了一會兒，聽到水井處傳來『嘩啦嘩啦』的水聲，我前去一看，只見阿清

②金鍔燒是以麵皮包餡料烤成的點心，製如刀鍔形狀，因而得名。紅梅燒則是以麵粉製作仿梅花外形烤成的點心。

正把那根竹棍懸著錢包的拉繩，用水清洗。接著打開錢包檢查裡頭的壹圓鈔，發現它已染成褐色，上頭的圖案都快糊了。阿清用火盆加以烘烤後，遞給我道：「這樣應該就行了吧！」我嗅了嗅，說：「很臭耶。」「那你給我，我去幫你換新的。」——也不知她拿什麼理由搪塞，竟然以紙鈔換回三圓的銀幣。我忘了後來是怎樣花掉這三圓。當時我對阿清說很快就會還她，卻一直都沒還，現在就算我想十倍歸還，也無法交到她手上了。

阿清要送我東西時，鐵定都趁我爹和哥哥不在的時候。說到我這個人最討厭的事，就是瞞著別人獨享好處。儘管我與哥哥感情不睦，但也不想瞞著他，獨自收受阿清給的點心和色筆。我也曾問阿清，爲何只給我，不給我哥。阿清若無其事地說：「你哥哥有需要，你爹自然會買給他，不消替他操心。」——這實在不公平。我爹雖然頑固，唯獨不會對我們兄弟倆偏心。然看在阿清眼裡，興許是這種感覺吧。她這根本是溺愛。她雖然出身不凡，卻只是個沒受過教育的老太婆，所以這也是沒辦法的事。

還不光是這樣。她對我的偏袒，已經到了驚人的程度。阿清認定我將來準會出人頭地，成爲一名大人物，而對於我那用功念書的哥哥，她卻斷言他只是個小白臉，日後難成大器。遇上這樣的老太婆，實在教人沒轍。她深信自己喜歡的人一定會功成名就，討厭的人則一定會失意落魄。我當時並未特別想過自己日後要成爲什麼樣的人物，不過聽阿清說得煞有其事，我也開始覺得自己將來可能也會是號人物。現在細想，還眞是愚不可及。有一次我問阿清，我以後到底會變成怎樣的人。阿清似乎也沒特別想過這個問題，她就只回答我說，你日後一定是坐在人力車上，擁有自己一棟大門氣派的豪宅。

接著阿清說，等我擁有自己的房子獨立成家後，想和我同住；並不厭其煩地一再懇求我，要我收留她。我也開始覺得自己以後將擁有自己的房子，因而答應會收留她。不過阿清這個女人想像力實在豐富，她開始擅自作起了規畫：「你喜歡住哪裡啊？麴町好，還是麻布好呢？請在庭院裡設一座鞦韆吧……歐式房間只要有一間便夠了。」當時我根本就不想要房子。每次我都回答阿清：「管它是洋房還是日式建築，我都用不著，我不需要那種東西。」阿清聽了，又誇起我來，說我清心寡欲、人品高潔。不管我說什麼，阿清總會誇我。

家母死後的五、六年間，一直是在這樣狀態下過日子：挨我爹訓斥、和我哥爭吵、收下阿清給的糕點且不時受她誇讚。我別無所求，覺得這樣就已足夠，其他孩子應該也都和我差不了多少。但阿清卻動不動就說我可憐，說我不幸，於是我也開始覺得自己既可憐又不幸。除此之外，倒沒吃過什麼苦。只是我爹完全沒給我零用錢，這點確實教人難受。

家母死後第六年的過年，我爹跟著因中風而亡故。那年四月我從某所私立中學畢業。六月時，哥哥也從商業學校畢業。他在某家公司的九州分公司找到一份工作，必須到那裡就職，我則是要留在東京求學。哥哥說他想賣掉房子、理妥家中財產，再前往任職。我回答他，「你打算怎麼做都行」。反正我也不想成為他的包袱，就算他要照顧我，我也會跟他吵架，到時候他肯定對我有意見。倘要勉為其難地受他照料，勢必得向他低頭，我已做好心理準備，就算是送牛奶也能養活自己。接著哥哥找來二手用品店，將祖先代代傳下來的破爛玩意兒賤價拋售，房子則在某人的介紹下轉手賣給某位富豪。賣房子似乎發了一筆小財，不過詳情為何，我不得而知。打從一個月前起，我便搬往神田的小川町寄宿，等決定日後走向再作打算。住了十多年的房子轉賣他人之手，阿清頗為不捨，但房子並非她所有，也只能徒嘆奈何。她常發牢騷道：「要是你多長幾歲，就能繼承這棟房子了。」——如果我多長幾歲就能繼承這棟房子，那我現在應該就有權利繼承。阿清什麼都不懂，才會一廂情願地相信只要我多長幾歲，就能繼承哥哥的這棟房子。

哥哥和我就這麼分道揚鑣，不過，教人頭疼的是阿清的去處。以哥哥的身分，自然不適合帶她同行，而阿清也壓根兒不想跟著哥哥下九州。話雖如此，這時的我住在四張半榻榻米大的廉價租屋處，一旦有什麼萬一，就得另覓住處，是完全幫不上忙的。於是我問阿清，是否打算到哪兒去幫傭，阿清這才下定決心回答：「在你擁有自己的房子，娶妻成家之前，不得已，我只好去投靠我姪兒。」

她的姪兒是法院書記，目前生活無虞，之前也曾兩三度邀阿清一起同住，可阿清說，雖然她當別人家的女傭，偏住了這麼多年早已住慣了，沒答應他的邀約。不過，現在她可能想法改變，與其要到陌生的房子幫傭，還得多所顧忌，倒不如投靠自己的姪子。她向我叮囑道，要快點擁有自己的房子，早日娶妻，她才好來照顧我。比起自己的親姪子，她更喜歡沒半點血緣的我。

哥哥在啟程往九州前兩天來到我的住處，給了我六百圓，並對我說：「這筆錢供你當資金，看你是要做生意還是要當讀書的學費，隨便你怎樣用都行，不過，往後你的事一概和我無關。」就我哥哥這個人來說，他此等做法已相當令我敬佩。原本我心想，區區六百圓，就算沒拿這筆錢，對我也不會有任何影響，但我滿欣賞他這種灑脫的處理方式，不像他以往的作風，所以向他答謝，收下了這筆錢。接著哥哥再拿出五十圓，吩咐我交給阿清，我照樣二話不說地收下。兩天後，我們在新橋車站道別，從此再沒和他見過面。

我躺著思索這六百圓該如何運用。拿來做生意實在太麻煩，而且肯定也不會有好結果，何況這才區區六百圓，根本做不了什麼像樣的生意。就算做得成生意，憑我現在這德行，也無法趾高氣昂地站在別人面前，說我是個知識分子，換句話說，這麼做只有吃虧的分。就先不管資金的事了，改以它當學費，好好念書吧！把六百圓分成三等分，一年各用兩百圓的話，可以念上三年——只要這三年認眞求學，定能學有所成。接著我開始琢磨該上哪一所學校就讀才好，不過，我向來不喜歡求學問，尤其碰上語學、文學更是舉手投降。像新體詩這種玩意兒，二十行當中我連一行都看不懂。排斥的事不管再怎麼強求，結果還是一樣。幸好，某天當我從物理學校前路過時，看到他們張貼的招生廣告，我心想，這好歹算是一種緣分，就這樣領了簡章，辦妥入學手續。如今回想，這也是父母傳給我那魯莽個性所造成的錯誤決定。

三年間，我和大家一樣上課念書，但畢竟缺乏過人的天資，名次總是從後面數過來較快。不可思議的是，三年後我居然也畢業了，連自己都覺得好笑，但我沒資格抱怨，遂就這樣安分地畢業。

畢業後第八天，校長找我去，我前去的路上一直納悶校長找我會有什麼事。後來校長告訴我，四國一帶的某中學需要一位數學老師，月薪四十圓，問我想不想去。我雖念了三年的書，可坦白說，是從沒想過要爲人師表，也沒想過要下鄉。不過除了當老師外，也不知道自己還能從事何種營生，於是當校長與我商量此事時，我當場便答應前往。這也是父母傳給我的魯莽個性在作祟。

既然答應了，那就須得前往任職。近三年來窩在這四張半榻榻米大的小房間裡，沒聽人發過半句牢騷，也沒和人爭吵，稱得上是我這輩子比較平順的時期。不過現在，我非得搬離這個小房間不可了。打從出娘胎到現在，我唯一一次涉足東京以外的土地，就是和同學一塊到鎌倉遠足。而這次要去的，可不是像鎌倉這麼近的地方，它離此有千里之遙。我查看地圖，得知它位於海濱，看起來像針頭那麼一丁點大。反正不會是什麼好地方，也不知道是個怎樣的城鎮、住著什麼樣的人——但就算不知道也無所謂，更用不著擔心，只管去就對了。只不過有點麻煩。

房子退租後，我不時去阿清現在的住處探望她。阿清的姪子爲人實在沒話說，每次我前去拜訪，只要他在，總會竭力款待。阿清當著我的面，在他姪子面前直誇我；甚至還吹噓說我學校畢業後，就會到麴町③一帶買房子，到官廳上班。她自己一個人說得口沫橫飛，我在一旁聽得無地自容，羞紅了臉。而且還不是只有一兩次，有時甚至連我小時候尿床的事也搬出來說，眞不知該拿她如何是好。也不曉得這位姪子在聽阿清炫耀時，心裡作何感想。阿清是舊時代的女人，總把我和她的關係看作是封建時代的主僕。她似乎滿心以爲，既然我是她的主子，自然也是自己姪子的主子……看來她姪子比我更慘。

終於一切談妥，在啓身前往四國的三天前，我前去探望阿清，當時她因爲感冒而躺在朝北的一間三張榻榻米大的房間裡。一見我來，她馬上坐起身問我：「少爺，你什麼時候會有自己的房子啊？」她以爲我一畢業，錢就會自然從口袋裡湧出。對這樣的大人物還稱呼「少爺」，感覺實在很蠢。我簡單地告訴她，我目前不會有自己的房子，將赴鄉下去，她聽了之後顯得大失所望，頻頻摩娑她那凌亂的花白鬢髮。我看了於心不忍，只好這樣安慰她：「雖然去鄉下，但很快就會回來。明年暑假我一定回來。」但阿清還是愁眉不展，所以我問她：「到時候買個伴手禮送妳吧，妳想要什麼呢？」她回答我：「我想吃越後的竹葉糖。」——什麼越後的竹葉糖，根本沒聽過。再說了，越後和四國根本是方位完全不同的兩個地方。我告訴她說「我要去的那處鄉下好像沒有竹葉糖耶」，她反問我道「那麼，你是去哪個方向？」「西方。」「是過了箱根，還是不到箱根？④」——如此問個不停，眞教人拿她沒轍。

出發當天，她一早便過來幫我打理一切，前來的路上還在雜貨店買了牙刷、牙籤、手巾等物品，塞進我的帆布皮箱裡。儘管我一再說不需要帶這些東西，她仍堅持要我收下。我們各坐一輛人力車來到火車站，我走上月臺，走進火車車廂，她一直凝望著我，悄聲說道：「也許今日一別，再無相見之日。請你一切保重。」她眼中噙滿淚水，我雖然沒哭，眼淚卻差點就要奪眶而出。待火車駛離一段路後，我心想，應該已經沒事了吧。從窗戶探頭往回看，發現她仍站在原地，身影看起來是那麼嬌小。

---

③位於今千代田區的西半部，早年屬武士宅邸所在地。

④箱根自古是東海道的要地，離東京不算太遠。

二

蒸氣船發出「嗚——」的一聲長響，就此停船，一艘接駁船離岸朝這裡駛來。船老大打著赤膊，全身上下僅套著一條紅色兜襠布——當真是蠻荒之地。不過話說回來，這麼炎熱的天氣，想必也穿不住衣服。在這片豔陽下，水面波光瀲灩，光是盯著水面看就教人兩眼發黑。

我問服務員，他說我得在這裡下船。這裡看起來就像大森⑤的漁村一樣。我心想，這根本就是在耍我嘛，叫我待這種地方，怎麼受得了？但木已成舟，多想無益，我率先帥氣地跳上接駁船。接著有五、六個人也一同上船，此外還疊了四口大箱子，那名著紅色兜襠布的船老大把船駛回岸邊。靠岸時，我頭一個跳上岸，馬上攔住一名站在岸邊的鼻涕小鬼，問他那所中學在哪裡。小鬼一臉茫然地說他不知道。眞是個傻不愣登的鄉下土包子，明明是如彈丸般大的小鎮，竟還有人連中學在哪兒都不知道！這時來了一名穿著奇怪筒袖服的男子，叫我跟他走，於是我便跟在他身後，結果來到一家名爲「港屋」的旅館。一群看了就討厭的女人異口同聲地朝我喊「歡迎」，我看了實在不想進去。我站在門口，請她們告訴我中學在哪裡，她們說中學得從這裡搭火車，約跑八公里路程才到得了，這下子我更不想進去了。我從那名穿筒袖服的男子手上搶回我那兩只皮箱，緩緩邁步離去。旅館裡的人個個面露怪異表情。

我馬上便得知火車站的位置，輕鬆買到了車票。坐上車一看，原來是個像火柴盒般的小火車。隆隆作響的火車行駛約五分鐘後，很快就得下車，難怪票價這麼便宜，只要三分錢。接著我雇了輛人力車，來到那所中學，已過了放學時間，校內空無一人。工友跟我說，值班的老師有事外出。我心想，這裡值班可眞輕鬆啊。本想去見校長，但由於舟車勞頓，我坐上車吩咐車夫直接載我去旅館。車夫俐落地把車停在一間名爲「山城屋」的屋子旁。山城屋這名字與勘太郎家的當舖同樣店名，挺有意思。

服務生領我來到二樓樓梯下一間黑漆漆的房間，裡頭熱得教人片刻都待不住。我說不想住這間房，服務生回說「眞不湊巧，現在住房都滿了」，就這樣

⑤位於東京大田區。

擱下我的皮箱遁去。不得已，我只好走進房內，儘管熱汗直冒仍也只能忍耐。不久，服務生喚我去洗澡，我撲通跳進浴池裡，很快便洗好。回房途中，我往兩旁窺望，發現明明還有不少空房，看起來涼爽多了。無禮的傢伙，竟敢扯謊瞞騙我！

接著女服務生送飯菜來。這裡的房間雖然悶熱，伙食方面卻比我原先寄宿的家庭可口多了。女服務生在一旁伺候用餐，問我打哪兒來，我回答來自東京。她說「東京應該是個好地方吧」，我答道「這是當然」。女服務生撤走餐盤走向廚房時，傳來她響亮的笑聲。

由於無事可做，我早早便上床睡覺，偏卻輾轉難眠。不全然由於悶熱緣故，而是因爲吵鬧。這裡的吵鬧聲是之前寄宿處的五倍。迷迷糊糊的當兒，我夢見了阿清。阿清正大啖著越後的竹葉糖，連同竹葉一起塞進嘴裡。我告訴她竹葉有毒，吃不得，阿清卻說「不，這竹葉是良藥」，吃得無比香甜。我看傻了眼，接著張嘴朗聲大笑，就此猛然驚醒。

女服務生已打開防雨窗，外頭一樣是晴朗無雲的好天氣。

聽人說，出外旅行該付小費，若不給小費，就會受到怠慢的對待。我會被塞到這間又小又暗的房間，想必即是少給小費的緣故吧，外加這身寒酸的服裝，手裡拎的又是帆布皮箱和棉毛混紡布料作成的雨傘。明明只是個鄉下人，竟還狗眼看人低！那我就賞妳一大筆小費，嚇死妳。我離開東京時，好歹懷裡還有學費用剩的三十餘圓，扣除掉火車和蒸氣船等車馬費及雜費，仍剩十四圓左右。就算全部給她，猶有月薪可領，無所謂。這些鄉下人個個吝嗇，我要是賞她五圓，包準她嚇得眼珠直打轉。妳等著瞧吧！

我若無其事地洗好臉，回到房內等候，昨晚那名女服務生再次端飯菜前來。她手裡端著托盤在一旁伺候，不懷好意地笑著。好個無禮的傢伙，又不是有什麼慶典遊行從我臉上走過，有什麼好瞧的？我長得至少比這女服務生端正多了。我原本打算等用完餐後再給小費，偏一時氣不過，中途便掏出一張五圓鈔票，對她說：「待會兒拿這筆錢去給帳房。」女服務生露出古怪的表情。

接著我用完餐便到學校去了，連皮鞋也沒擦。

昨天搭人力車去過學校一趟，已知曉大致方位。拐了兩三個大彎，人就來到大門前。從大門到玄關的這段路面全是以花崗岩鋪成，昨天車子「喀啦喀啦」從這處石板地上通過時，發出挺大聲響，教人有點尷尬。途中遇見好幾名學生，身上穿著小倉織⑥的制服，全都跨入這座大門，當中有的個頭比我還高大，看起來頗爲強悍。想到自己要教導這樣的學生，不禁有點忐忑。

我遞上名片，就此被帶往校長室。校長留著稀疏的鬍鬚、膚色黝黑，有一對銅鈴大眼，模樣像極了狸貓，又非常會擺派頭。他對我說了句「那你就全力以赴，好好學習」，遞給我一張聘書，上頭煞有介事地蓋著大大的印章。日後我回東京時，將這張聘書揉成了一團丟進海裡。

校長對我說：「待會兒我會向職員們介紹你，你就一一讓他們看這張聘書吧。」——眞是多此一舉，與其如此大費周章，不如拿這張聘書在教職員辦公室貼上三天，反倒省事。

教職員們在第一堂課的喇叭聲響過才會到休息室集合，在那之前還有不少時間。校長拿出錶看了一眼，打算好好來段致辭，他說：「先讓你瞭解瞭解一下大致的情形吧。」接著便針對教育理念高談闊論起來。我當然只隨便聽聽，但聽到一半，這才意識到自己來到一個要命的地方。校長說的事，我哪裡辦得到呀。他抓著我這樣一個生性魯莽的人，對我說什麼「要當學生的楷模；得爲人師表，受人景仰；除了學問外，若不以個人的德行感化學生，便不配當一名教育者……」，提出許多離譜的要求。如許偉大的人，會爲了區區四十圓的月薪，千里迢迢來到這種鄉下地方嗎？每個人其實都差不多德行。生氣吵架，是每個人都會犯的事，倘若遵照校長的說法，根本就不能隨便和人說話，也不能出外散步。既然是這麼一板一眼的職務，實該在雇用我之前先講清楚才對。我這個人不喜歡說謊，所以本身也已看開，當作是自己上當受騙，想直接乾脆一點，就此拒絕這項差事，返回東京。

由於先前給了旅館五圓小費，現在我錢包裡只剩九圓，憑這九圓根本回不了東京。早知道就別給那筆小費了，此刻心裡直呼可惜。憑手中現有的九圓，什麼事也做不成。雖然旅費不夠，好歹也比昧著良心說話來得強，於是我對校長說：「您的要求我實在無法辦到，這張聘書，請恕我原封不動奉還。」

校長眨著他那對狸貓眼，緊盯著我瞧。不久，他面帶微笑說：「剛才說的純是希望，我也很清楚你無法完全做到，所以你不用擔心。」——既然早知道是這樣，又何必嚇唬人呢。

⑥江户時代小倉藩的特產，呈條紋圖案，為堅固耐用的棉布，深受民眾喜愛。

就在這一來一往之際，喇叭聲響起，教室那邊突然變得鬧烘烘。校長說教職員們應該都已到休息室集合了，於是我跟在校長身後走進教職員休息室。只見那窄長的大房間裡，四周排滿了桌子，眾人全都坐著。一見我到來，他們不約而同地望向我——我又不是來耍雜技的。接著我照校長的吩咐，逐一來到眾人面前，出示那張聘書，向眾人問候。他們大多只有微微離座，弓身行禮，不過都很仔細地接過我遞出的聘書，覽看一遍後又恭敬地奉還，簡直像在演舞臺戲。輪到第十五位，是位體育老師，因同樣的動作已重複做了好幾遍，我早覺得有點不耐煩。他們每位只消做一遍即可，我同樣的動作可已重複了十五遍……請體諒一下我的感受好不好。

我問候的眾人當中有一位是教務主任，聽說是名文學士。說到文學士，那是大學畢業生，想必非泛泛之輩，他的聲音卻像娘兒們一樣輕柔。更令我吃驚的是，他在這種大熱天裡竟穿著一件法蘭絨襯衫，儘管算是薄料的法蘭絨，但肯定熱得很。正因出身文學士，才穿得住這種教人難受的服裝，而且那還是件大紅襯衫，有夠瞧不起人的。後來才知道，他整年都穿著紅襯衫，簡直有病。他自己的說法是，紅色對身體有益，爲了健康著想故而特地訂作這身服裝，但他根本多慮了。既然這樣，那乾脆將衣服、褲子一併改成紅色，豈不更棒？

此外有一位叫古賀什麼的英語老師，是個氣色不佳的男子，臉色蒼白的人大多身材瘦弱，他卻長得臉色蒼白、身材肥胖。我小學時期有個叫淺井民的同學，他爹也似這副氣色。淺井的父親是農夫，所以我問阿清：「農夫都是那樣的氣色嗎？」阿清回答我，不是這麼回事，是因爲他老吃藤蔓末端長的劣質南瓜，才會這樣蒼白而又肥胖。從那之後，我看到這般長得蒼白而又肥胖的人，都認爲是吃了藤蔓末端的劣質南瓜所造成，嗯，這位英語老師肯定也吃了不少這種南瓜。不過話說回來，藤蔓末端長的劣質南瓜到底是什麼，我到現在仍弄不明白。我也曾問過阿清，但阿清笑而未答。我看阿清應該也不曉得吧。

另外還有一位和我一樣教數學的老師，姓堀田。此人身材壯碩，頂著一顆像毛栗子的小平頭，長相活像是比叡山的惡僧。我恭敬地將聘書呈向他面前，他竟然連看也不看一眼，僅只說道：「嗨，你就是新來的，有空來找我玩啊，哈哈哈……」笑什麼呢！像你這麼不懂禮數的傢伙，誰會去找你玩啊。當時我替這名小平頭取了個「山嵐」⑦的綽號。

⑦漢字也可寫成「山荒」，為《百鬼夜行繪卷》中描述的妖怪——全身覆滿尖刺的野獸。

教漢學的老師果然看起來就是一本正經。「您昨日乍到，想必舟車勞頓，虧您不辭勞苦，今日即前來授課，勤奮可嘉。」他滔滔不絕地說著，是位和藹可親的老先生。

至於美術老師，則完全是藝人的模樣。他身上披著一件輕薄的亮紗短外罩，搖著扇子同我搭話道：「敢問您是哪裡人？咦，東京？我太高興了，這下子可有伴了……我也是老東京呢。」我心想，就你這德行也算老東京的話，那我寧可不要當東京人。

至於其他人，如要一一詳述，自然還很有得寫，唯恐怕三天三夜也寫不完，所以就不再贅述了。

大致問候過一輪後，校長對我說：「你今天可以回去了，不過關於授課的事，得先跟數學主任討論一下，後天開始上課。」我詢問數學主任是哪位，這才知道原來就是那位山嵐。可惡啊，難道我得在這傢伙底下辦事，我對此頗感失望。山嵐只留下一句：「喂，你住哪家旅館？『山城屋』是吧。嗯，我待會兒去找你討論。」說完便帶著粉筆前往教室去了。他身為主任，卻還自己主動來找我討論，未免太沒見識啦。不過，這樣總比叫我去找他來得好。

接著我步出校門，本想直接回旅館，但回去後也沒事可做，所以念頭一轉，打算到這鎮上散散步，就此隨意信步而行。

途中參觀了縣政府，那是上個世紀的一棟老舊建築。也參觀了軍營，比不上麻布連隊來得氣派。順道看了大馬路，路寬僅有神樂坂的一半窄，商家也沒那麼多。俸祿二十五萬石⑧的城下，也沒什麼了不起嘛。我在心中暗忖，住在這種鄉下地方，仍趾高氣昂地誇說這是城下，這種人還眞是可憐。不知不覺間，已來到山城屋門前。這地方看似廣闊，其實比想像中來得小。

這樣就算大致逛過一遍了。我走進門內，想回旅館用膳。坐在帳房的老闆娘一看到我，馬上朝我飛奔而來，大喊「您回來啦」，深深一鞠躬，頭抵向木板地。我脫鞋走進後，女服務生說「現在有空房了」，領我走向二樓。那是一間面向大路的房間，有十五張榻榻米大，另設有一處壁龕。我打出生還沒走進過這等氣派的房間。因爲不曉得下次哪時候才能再住進這樣的房間，於是我脫去衣服，只穿著一件浴衣，就這麼在房間中央躺成大字形。眞有說不出的痛快啊！

⑧日本昔日大名，是以白米的容量單位「石」來表現俸祿多寡。此地為松山藩。

吃完午飯後，我馬上給阿清寫信。我向來不太會寫文章，外加大字不識幾個，所以平時最討厭寫信了，再說也沒寫信的對象。但此時阿清應該很替我擔心吧，要是她以爲我遭遇船難一命嗚呼，那可就傷腦筋了，於是我卯足全力寫了長長一封信。信件內容如下——

昨抵達，這是處鳥不生蛋的地方。我睡在一間十五張榻榻米大的房間，給旅館的人打賞了五圓小費，老闆娘朝我磕頭，頭都抵到木板地了。昨夜輾轉難眠。我夢見妳吃著竹葉糖，連同竹葉一塊吃下肚。明年夏天我就會返鄉。今天去了學校一趟，幫他們每個人都取了綽號：校長是「狸貓」，教務主任是「紅襯衫」，英語老師是「劣瓜」，數學老師是「山嵐」，美術老師是「馬屁精」。日後我會再多寫信跟妳說說，再敘。

寫完信後舒暢不少，就此感到睡意漸濃，於是又和之前一樣在房間中央悠哉地躺了個大字形。這次我睡得很沉，完全沒作夢。後來聽到有個響如洪鐘的聲音嚷說：「是這個房間嗎？」

我醒來一看，原來是山嵐跑來了。

「方才眞是抱歉啊，你負責的……」

我才剛起床，他直接就與我交涉起來，令我狼狽不堪。聽完歸我負責的事項後，感覺似非什麼難事，所以我一口答應。如果只是這麼點小事，別說後天了，就算明天開始，我也無所謂。討論完授課事宜，山嵐對我說：「你應該不會打算一直住在這種旅館吧？我幫你找個租屋處，你搬過去住。如果別人去談，對方不會答應，但讓我出面的話，馬上就可談成。越快搬越好，今天去看屋、明天搬、後天到學校上課，這樣最好。」兀自在那裡盤算著。他說得沒錯，這十五張榻榻米大的房間不可能長住，恐怕把月薪全拿來繳住宿費也嫌不夠。才剛豪氣地給了五圓的小費，現在就要搬家，心裡未免稍覺可惜，但既然早晚要搬，還是早點搬過去讓一切就此定下，這樣才方便，於是我拜託山嵐幫忙張羅此事。接著山嵐要我跟他去某個地方看看，我便隨他走了。

來到城鎮外郊一座丘陵的山腰處，那裡有戶人家，四周環境清幽。房東從事古董買賣，叫作「烏賊銀」，房東太太比房東年長四歲。我中學時學過「Witch」（女巫）這個英文字，而這位房東太太看起來恰恰活像是個 Witch 。

就算她眞是個 Witch，現在也已嫁作人婦，不足爲懼。

最後終於決定明天搬進這裡。

回程時，山嵐在通町請我喝了杯涼水。之前在學校初次見面時覺得他是高傲無禮的傢伙，而今看他如此關照我，覺得這個人還算不壞。不過，他似乎和我一樣是急性子，又易動怒。事後聽說，他原來是最受學生歡迎的老師呢。

三

終於開始到學校上班了。

第一次走進教室，站上講臺時，總覺渾身不自在。我一邊講課，一邊暗忖，竟然連我這樣的人也能當老師。學生相當聒噪，不時扯著嗓門喊「老師」——這聲「老師」帶給我不小的震撼。以前在物理學校內每天都「老師、老師」叫個不停，不過，叫別人老師和被人叫老師卻是天差地遠，感覺腳底發癢。我這人既不卑鄙也不膽小，唯一美中不足的便是欠缺膽識。當學生大聲叫我老師，感覺就像肚子正餓時，聽到丸之內發出的午砲聲⑨一樣。開始的第一節課，我隨口亂教一通，幸好學生們沒提出什麼令人傷腦筋的問題。回到教職員休息室後，山嵐問我教得怎樣。我只簡單回了聲「嗯」，他聽了之後，似乎就此安心。

第二堂課，當我拿著粉筆步出休息室時，有種正深入敵營的感覺。走進教室一看，裡頭的學生個頭比上一個班級都來得大。我是東京人，身材瘦小，所以就算站上講臺還是壓制不住學生。如果要打架，我可以跟人來一場相撲，但是面對這四十名人高馬大的學生，想光憑三寸舌頭令他們服服貼貼，實在沒這個本事。可若在這些鄉下土包子面前示弱，會讓他們得寸進尺，所以我盡可能大聲說話，略微用東京的捲舌音來講課。起初學生們聽得滿頭霧水，一臉茫然，我心裡暗叫活該，得意洋洋，完全用起了東京腔，結果坐在最前排中央，一名貌似最強悍的學生突然站起來，喚了一聲「老師」。我心想：「終於來了」，問他有什麼事。他答道：「你講話太快了，我們聽不懂。可以講慢一點嗎？」

---

⑨「丸之內」是東京都千代田區的地名，位於皇居外苑與東京車站之間，昔日為江戶城內故稱之。而當時東京會在舊江戶城遺跡內發射空砲，當作正午報時。

「可以講慢一點嗎？」這句話實在太溫吞了。我回答他：「既然講得太快，那我就放慢一點，不過我是東京人，不會說你們的方言。你如果聽不懂，我會等到你聽懂爲止。」

就這樣，這第二堂課也比想像中來得順利。唯在我準備回休息室時，一名學生拿著我不可能會解的幾何題跑來問我：「可以替我解這個問題嗎？」把我嚇出一身冷汗。不得已，我只好告訴他說「這題我不會，下次再教你」，然後急忙離開教室。這時學生們一片譁然，甚至有人說：「他不會算，他不會算。」

這些渾小子，老師當然也有不會的。面對不會的題目，坦白說不會，有啥好奇怪的？如果連那種題目我都會，何須爲了這區區四十圓的月薪來到這種鄉下地方啊！——我心裡如此暗忖，返回休息室。

山嵐又問我這堂課上得怎樣。我回了聲「嗯」，但又覺得光回答一聲「嗯」不夠，遂再補上一句「這學校的學生眞是不懂事啊」。山嵐一臉納悶。

第三堂課、第四堂課，以及下午第一堂課，均大同小異。第一天遇上的班級，每個都出了點狀況。當老師不若表象看起來那麼輕鬆啊，課堂大致都已上完，仍還不能下班回家，得一直等到三點爲止。聽說三點時，學生們打掃完自己的教室後會來報告，我得前去檢查。接下來我瀏覽過點名簿後，終於可以下班了。雖說被學校以月薪買下，但要是連下班時間也得關在學校裡，和辦公桌大眼瞪小眼，那還有王法嗎？然而，其他老師全都安分地照規矩走，我又新來乍到，要是任性胡來，那可不妥，於是只好隱忍下來。

在回去的路上，我對山嵐說：「不管怎樣，都強迫老師得在學校待到三點，這種作法實在很蠢。」山嵐回答「沒錯」，朗聲大笑，接著轉爲一本正經，向我提出忠告道：「你要是常發洩你對學校的不滿，會惹禍上身的。眞要說的話，對我一個人說就行了，因爲我們周遭有不少奇怪的人。」

我們在十字路口道別，沒空向他詢問詳情。

我返回住處後，房東過來對我說：「來泡茶吧。」他說要泡茶，本以爲是他要請我喝茶，沒想到竟然是毫不客氣地拿我的茶葉沖泡，自己喝將起來。看這樣子，我不在家時，他興許也都是自己泡茶來喝。

房東說：「我很喜歡書畫古董，最後便私下做起了這種買賣。你看起來氣質風雅，要不要也來嘗試這門嗜好啊。」──竟然就這樣向我邀約，實在不像話。兩年前我替人到帝國大飯店跑腿時，被誤以爲是鎖匠；還有一次我去參觀鎌倉大佛時，身上披著毛毯，被車行的人叫「老闆」；除此之外，也發生過不少被誤認的情況，但從來沒人講我「氣質風雅」。大致從穿著和模樣就能看出幾分：所謂的風雅人士，看畫像也知道，不是頭戴頭巾，就是手持書卷。會一本正經說我是風雅之士的，絕非普通的怪人。

我回說我討厭這種像是退休老人才會做的悠哉嗜好，房東聽了呵呵輕笑，應道：「不，沒人一開始就喜歡，不過一旦入得此道，便很難從中脫身喲。」他以古怪的手勢，在一旁自斟自飲。

其實昨晚有請託他幫我買茶，偏我不愛喝這種又苦又濃的茶，光喝一杯，胃就覺得難受。我請他下次改幫我買不苦的茶，他回答一聲「知道了」，又再喝了一杯。看這是別人的茶，就一味猛喝啊。

房東離開後，我備完明天的課，很快便入睡了。

之後我每天到學校，規規矩矩地工作，每天回到住處，房東都會跑來說「來泡茶吧」。一星期後，我已大致熟悉學校內情況，對房東夫婦的爲人也都差不多瞭解。聽其他老師說，在接過聘書後的一週到一個月這段時間，會非常在意眾人對自己的評價好壞，我卻是完全沒這種感覺。在教室裡不時會出醜，只有在這種時候我會感到心情沉重，但三十分鐘後，這些煩憂便馬上被拋到九霄雲外。不管是什麼事，即便我想長時間擱在心裡，爲它擔憂，最後還是辦不到。在教室裡出醜，會對學生們造成何種影響，而這些影響又會讓校長或教務主任出現何種反應，這些問題我毫不在意。如同我前面所說，我雖乏過人的膽識，唯凡事倒是看得挺開。我早已做好心理準備，如果在這所學校待不下去，那就到其他地方另覓出路，所以狸貓和紅襯衫——我完全沒瞧在眼裡；更別說教室裡的那些小鬼了，我根本不想對他們和顏悅色，也懶得對他們說好聽話。

在學校這麼做還行得通，在租屋處可就不能這樣了。如果房東只是跑來喝茶，那倒能夠忍受，可是他總會帶來各種物品。一開始帶來的都是些印材⑩，一次擺出十來個，對我說：「這些總共算你三圓即可，可說是不惜成本，你乾脆全買了吧。」我回答他：「我又不是走訪各地鄉間、四處騙錢的三流畫師，哪需要這些玩意兒。」結果下次又帶來一幅花鳥的掛軸，說是出自一位華山某某的男人之手。他自行掛向壁龕，在一旁直誇好看，我隨口應了他幾句，接著他便說：「華山有

⑩指製刻印章用的材料。

兩位，一位叫什麼華山，另一位叫什麼華山的⑪，而這幅畫即是其中一位什麼華山所畫的……」開始講起一些無聊的解說，「如何，看在你的面子上，賣你十五圓就行了。你就買下吧！」一直催我買下。我說沒錢，一口回絕，他卻對我說「錢這種小事，什麼時候給都行」，打死不退。當時我回了他一句「就算有錢我也不買」，把他趕了出去。

接下來，他扛來一只像鬼瓦般大的大硯臺，直說「這是端溪硯，是端溪硯喔」，接連講了兩三遍「端溪硯」。我半開玩笑地問他什麼是「端溪硯」，他又開始講解了起來：「端溪硯可分爲上層、中層、下層，現今全都是上層，但這個卻是如假包換的中層。你看這上頭的眼，有三顆眼的實屬罕見。它的潑墨呈現絕佳，你不妨試試。」說完後，直接把那只硯臺湊向我面前。我問他這賣多少錢，他說：「這硯臺的主人從中國帶回了它，說他一定要賣出去，所以我便宜賣你三十圓就行了。」這個男人肯定是個傻蛋。看來，學校方面我倒還能平順處之，可面對房東的古董推銷，我恐怕撐不了太久。

過沒多久，學校生活我也開始不耐煩了。

某天晚上，我在一處叫「大町」的地方散步時，發現郵局隔壁有家蕎麥麵店，招牌底下還特別加上「東京」二字。我最喜歡吃蕎麥麵了，以前在東京時，每次從蕎麥麵店前經過，聞到那香料味便直想往麵店的暖簾裡鑽。之前被數學和古董搞得我連蕎麥麵都給忘了，眼下看到這塊招牌，豈有過而不入之理。我心想，那就順便吃碗麵吧。仔細一看，根本不像招牌寫的那樣。既然提到了東京，好歹門面要整理乾淨些，不解老闆是不曉得東京風貌，還是口袋空空，店裡實在髒得不像樣：榻榻米變了色，上頭又滿是沙子，踩起來很粗糙；牆壁因煤灰而變得烏漆嫣黑，不僅天花板被油燈的油煙燻黑，還特別低矮，教人不自主地縮起脖子。唯有那貼在牆上、漂亮地寫著蕎麥麵品名的價目表完全簇新，想必是剛買下這間老房子，兩三天前才開張營業。

價目表上排第一個的是天婦羅麵。我朗聲朝老闆喚道：「喂，給我一碗天婦羅麵！」這時才注意到，原本聚在角落裡，稀哩呼嚕地吸著麵條的三名客人，都不約而同地望向我。店內光線昏暗，所以我一時沒察覺，後來與他們目光交會後才認出，他們全是學校裡的學生。他們先向我問好，我跟著回禮。由於已許久沒

⑪兩人皆是江戶時期的畫家，一位是渡邊華山，一位是橫山華山。

吃到蕎麥麵了，吃起來分外可口，我一口氣便呑了四碗天婦羅麵。

隔天，我不經意地走進教室時，發現黑板上以滿滿的大字寫著：「**天婦羅麵老師**」。學生們一看到我，立即哄堂大笑。我覺得這種行爲實在無聊透頂，便反問他們：「不過是吃個天婦羅麵，有那麼好笑嗎？」結果其中一名學生回答道：「可是一次吃四碗也太多了吧。」我回了一句：「管它是四碗還是五碗，那是我自個兒花錢買的，有你們多嘴的分嗎？」

就此草草上完課，回到休息室。十分鐘後，到下一間教室去，結果黑板寫著：「**一人獨呑四碗天婦羅麵，並不可笑**」。剛才我看了沒動火，這次卻眞的惹惱我了。玩笑一旦開過頭，就是惡作劇；把好好的餅給烤成了焦黑，沒人會誇讚。鄉下人不懂這當中的分寸拿捏，以爲一直這樣玩下去不會有事。

我在外頭走了一個小時，連一處可逛的像樣市街也沒有，住在這種彈丸之地，外頭半點新鮮的玩意兒也沒有，所以小小一樁天婦羅麵事件，也能像日俄戰爭一樣四處宣傳開來。眞是一群可悲的傢伙呀，從小就受這種教育，難怪個性彆扭成這樣，活像是用盆栽種出的楓樹般器量狹小。誠然天眞無邪的話，大家一塊笑笑也就罷了，但這算哪門子玩笑？明明還是乳臭未乾的小鬼，卻一肚子壞水。

我不發一語地擦掉那些字，對他們說：「這樣的惡作劇有趣麼，這是卑劣的玩笑。你們懂卑劣的意思嗎？」結果有人反駁道：「自己做的事被人嘲笑，就此惱羞成怒，應該就是卑劣吧。」

臭小子！想到我竟然千里迢迢從東京來這裡教這種傢伙，不禁感到可悲。

我對學生說「別再耍嘴皮了，好好念書」，就此開始上課。之後到了下一間教室，黑板上寫著：「**吃完天婦羅麵，就想耍嘴皮**」——當眞沒完沒了。我看了火冒三丈，對他們嚷道「我不教這種狂妄的學生！」，就此掉頭走人。聽說學生們賺到一堂課，欣喜若狂。唉，相較之下，面對古董推銷還比待在學校好多了。

回到家睡了一晚，天婦羅麵的事隨之氣消。隔天到學校時，學生們也都來了，感覺有點莫名其妙。往後的三天倒也平安無事，而第四天晚上，我到一處叫「住田」的地方吃丸子。

住田是一處有溫泉的市街，從城下搭火車約十分鐘車程，徒步則得走上三十分鐘，不僅有餐館、溫泉旅館、公園，還有妓院。我光顧的那家丸子店就位在妓院入口處，聽說風味獨特，所以我在泡完溫泉回來的路上順道前往品嘗。這次沒遇上學生，所以我心想沒人知道，等隔天到了學校，第一節課走進教室一看，黑板上竟然寫著：「**丸子兩盤七錢**」。我確實吃了兩盤，付了七錢。眞是一群麻煩的小鬼。我才在想，第二堂課八成也會寫些什麼，果不其然，黑板寫著：「**妓院丸子眞好吃**」。眞是受夠了這些小鬼！

本以爲丸子的事就這麼落幕了，沒想到接下來改換「紅毛巾」的事傳開了。到底是怎麼一回事呢，其實這由來還當眞無聊。我來到這裡後，每天固定都會去住田的溫泉泡湯。這裡的其他地方不管怎麼看都遠不及東京，唯獨溫泉值得誇讚。我心想，既然來了這裡，那就天天來泡湯吧，於是晚餐前都會到這兒，順便當運動。我前往時必定拎著一條大大的西洋毛巾，這條毛巾在泡水後會浮現紅色條紋，乍看像紅色；不論是去時還是回途，坐車還是徒步，我總拎著這條毛巾。就是這樣，學生們才會稱呼我爲「紅毛巾」。看來，住在這種小地方，總免不了這些紛擾。還有，那處溫泉是三層樓高的新建築，上等浴池會出借浴衣，外加刷背服務，只收八錢。另外還有女服務生會在天目臺⑫上擺放茶杯，前來奉茶。每次我都泡這種上等浴池。曾經有人對我說，「憑你每個月四十圓的薪水，天天泡這種上等浴池未免太過奢侈。」——當眞是多管閒事。另外，浴池是以花岡岩堆疊而成，隔成約十五張榻榻米大的空間，可以泡上十

三、四人沒問題，但有時空無一人；它深度大約到胸口的位置，所以我常在浴池裡游泳當運動，好不愉快。我看準沒人的時候，在那十五張榻榻米大的浴池裡游來游去，怡然稱快。

某天，當我從三樓興高采烈地走下來，心想今天不知是否一樣能游泳，往浴池入口處窺望時，發現大大的立牌上貼著一張告示，以毛筆字寫著：「請勿在浴池內游泳」。因為鮮少有人會在浴池裡游泳，這張告示或許是特別為我而設。

從那之後我便打消了游泳的念頭。雖然我沒再游泳，孰知來到學校後，發現黑板上竟然寫著：「**請勿在浴池內游泳**」，令我大為震驚，感覺就像所有學生都在打探我的隱私般，心裡很不是滋味。原本想做的事，並不會因為學生們說了些什麼就馬上打消念頭，但想及我竟來到這麼一個小得可憐的地方，不禁暗自覺得可悲。而回到家後，一樣又得面對房東的古董推銷攻勢。

⑫向神佛或貴人奉茶時所用的端盤。

四

學校得値班，由職員們輪流。狸貓和紅襯衫卻不必値班。我問他們何以不必履行這項理所當然的義務，得到的答案是因爲他們享有「任命官待遇」。太不應該啦，他們錢多事少，又可不必値班，天底下哪有此等不公平的事！他們擅自設立這般規則，講得一副理所當然的樣子……這麼厚臉皮的事，眞虧他們做得出來。

我對此深感不滿，但聽山嵐說，就我一個人，即便再怎麼不滿也沒用。可不管只有一個人還是兩個人，只要有理就走遍天下。山嵐引用「Might is right.」這句英語來對我說教，偏我不懂這話的意思，向他反問，他說這句話指的是「強者的權利」。倘是強者的權利，這種事我早明白了，用不著山嵐現在才來教我這個道理。強者的權利跟値班是兩碼事。話說回來，你說狸貓和紅襯衫是強者，誰同意此番說法？——這場爭論姑且不提，眼看就快換我値班了。我這個人有潔癖，如非舒服地睡在自己的寢具上，便睡不安穩。從小不曾到朋友家住過的我，連朋友家都排斥了，到學校値班當然更加排斥。但排斥歸排斥，畢竟算在那四十圓月薪的工作內，故也無可奈何，猶得忍著配合。

當全校師生們離開後，自己一個人發呆，當眞傻得可以。值班室位在教室後方，宿舍西側邊角的房間。我走進一看，那是個完全西曬的房間，熱得教人片刻也待不住。正因爲是鄉下地方，儘管已經入秋，熱氣仍久久不散。晚餐時取來一份學生的飯菜，湊合著解決一餐，可實在難以下嚥。吃這麼難吃的東西，還有力氣調皮搗蛋，也算不簡單。而且他們匆匆忙忙在四點半就把晚餐一掃而空，當眞是人中豪傑。飯是吃了，可太陽還沒下山，現在上床嫌太早。我很想去泡溫泉。

值班時離開學校，不知這麼做是對是錯，但是像在蹲黑牢般，孤零零一個人在這裡受罪，實在教人不堪忍受。想起之前第一次到學校來時，我曾問值班的人在哪兒，結果工友說他有事外出，當時心裡便覺奇怪，現在輪到我自己值班後，頓時全明白了。值班時外出一點都沒錯。我告訴工友，我要出去一下，他問我有什麼事，我回答說「沒事，只是去泡個溫泉」，就這樣快步離去。紅毛巾我忘在住處沒帶來，甚爲可惜，今天只好向店家借用了。

之後我悠悠哉哉待在溫泉裡，一會兒泡澡、一會兒起身，眼看夜幕降臨，甫坐上火車，回到古町車站。這裡離學校約四百公尺，走沒幾步就能抵達。正當我邁步前行，狸貓恰巧迎面走來，他應該是打算搭火車去泡溫泉吧。他快步走來，與我擦身而過時望見了我，我遂便跟他打了聲招呼。狸貓一本正經地問我：「今天不是你值班，對吧？」——還問呢！兩小時前，你才親口對我說「今晚是你第一次值班，辛苦了」，還向我道謝呢，不是嗎？當校長的人，可眞會這樣拐彎抹角說話呢。我聽了之後怒火中燒，撂下一句「沒錯，我今天值班——就是因爲值班，所以現在才要回學校過夜」，然後神色自若地邁步離去。

來到豎町的十字路口後，這回遇上了山嵐。這地方也太小了吧，只要在外頭行走，就不免會遇上熟人。

「喂，你不是值班嗎？」山嵐問。

我回答他：「嗯，我值班。」

他聽了之後，道：「值班還隨便跑出去，不太恰當吧。」

「哪裡不恰當？不出來走走才不恰當呢。」我故意擺出高姿態。

「你這種懶散態度眞教人頭疼啊。要是遇上校長或教務主任可就麻煩了。」

山嵐說出不像他平時會說的話，於是我回了他一句：「剛剛我才遇到校長。

校長看我出來散步，還直誇我呢，說這麼熱的天，要是不出來散散步，值班一定很辛苦。」我懶得再和他多說，快步返回學校。

接著很快便夜幕低垂。剛入夜的那兩個小時，我把工友喚來值班室，和他小聊一會兒，不久就聊膩了，於是打算上床睡覺，儘管此時我還睡不著。我換上睡衣，掀起蚊帳，攤開紅毛毯，重重一屁股坐下，仰身躺倒。睡覺時，重重一屁股坐下，是我從小的習慣——有人說這是個壞習慣。之前在小川町寄宿時，有名住樓下的法律學校學生曾經抱怨過這件事。這名讀法律的學生雖然弱不禁風，倒是能言善道，又臭又長地講了一大堆蠢事，於是我頂了他一句：「我睡覺時發出『咚咚』的聲音，不是我屁股的錯，是這棟房子沒蓋好。你要抱怨的話，去跟房子抱怨吧。」現在這間值班室不是位於二樓，就算我再怎麼用力躺下也沒關係。要是不重重躺下，就沒有睡覺的感覺嘛。

正當我伸展雙腳，心裡直呼痛快時，有東西跳到我腿上。那粗糙的感覺不像跳蚤，我大吃一驚，心想道「到底是什麼鬼東西」，雙腳在毛毯裡抖動兩三下。結果那粗糙的東西突然多了起來，我的小腿有五、六隻，大腿有兩三隻，屁股底下壓扁了一隻，有一隻還跳到我肚臍上，我更加驚慌了。連忙起身，一把將毛毯往後拋，結果從棉被裡跳出五、六十隻蚱蜢。

之前還不知道是什麼玩意兒時，心裡多少有點害怕，此刻得知是蚱蜢後，我不禁火冒三丈。小小的蚱蜢也敢跑來嚇人，看我怎麼治你！我猛然拿起枕頭朝牠們一頓猛砸，但蚱蜢體型太小，丟得再猛也不管用。不得已，我只好重新坐回棉被上，像歲末大掃除時將草蓆捲起來拍打那樣，朝棉被上一陣胡捶亂打。蚱蜢受到驚嚇，再加上我用枕頭揮打，牠們全躍向空中，有的朝我撞來，有的則是停在我肩膀、頭上以及鼻頭。停在臉上的蚱蜢，我不能用枕頭拍打，只好用手一把抓住，使勁往外擲。可惱的是，不管擲得再用力，蚱蜢也只是撞向蚊帳，微微一晃，完全沒有一擊斃命的感覺——原來蚱蜢被我擲出後，直接攀附在蚊帳上，根本死不了。

最後足足耗了三十分鐘，才收拾了這些蚱蜢，我拿來掃帚清掃蚱蜢屍體。工友跑來問怎麼回事，我對他說：「你還好意思問呢，有哪個國家的人會像這樣，在床鋪裡養蚱蜢啊，你這個蠢蛋！」說完臭罵他一頓。工友解釋：「這件事我完全不曉得。」「說不曉得就沒事嗎？」我氣得將掃帚拋向外廊，工友惴惴不安地扛起掃帚離去。

我馬上叫三名住校生來當代表，結果一次來了六位。管他是六位還是十位，我都不在乎。我捲起睡衣的衣袖，開始和他們談判。

「你們爲何把蚱蜢放進我床鋪裡？」

「蚱蜢是什麼？」站在最前面的一名學生說。

竟然表現得這麼鎮定。在這所學校，不光校長，就連學生講話也拐彎抹角。

「不知道什麼是蚱蜢是吧？既然這樣，我拿給你看。」我如此說道，但很不巧，剛才全掃光了，一隻不剩。我又把工友喚來，「把剛才的蚱蜢拿來！」

工友問：「我已經都丟進垃圾桶了，要撿回來嗎？」

「嗯，馬上去撿回來。」

工友聽了，馬上衝去處理。不久，他在一張紙上放了十幾隻蚱蜢走來，對我說：「不好意思，晚上只能找到這些。明天我再多撿一些回來。」

連工友都這麼蠢。我向學生出示其中一隻蚱蜢，「這就是蚱蜢，虧你長這麼高大，竟連蚱蜢都不知道，眞不像話。」站在最左邊一名圓臉的學生，語氣狂妄地回嘴道：「那個叫蝗蟲吶牟西。」「笨蛋，蚱蜢和蝗蟲還不都一樣！再說了，你對老師說『納梅西』幹嘛？『納梅西』是只有在吃田樂燒時才會吃的菜飯。」⑬我予以反駁，結果學生又回了我一句：「吶牟西和納梅西是不一樣的吶牟西。」——開口閉口都是「吶牟西」的傢伙。

「是蚱蜢也好，蝗蟲也罷，爲什麼要放進我的床鋪裡？我什麼時候請你們這麼做的？」

「沒人這麼做。」

「沒人這麼做的話，牠們怎麼會在床鋪裡？」

「蝗蟲喜歡溫暖的地方，應該是牠們自己鑽進去的。」

「胡說！蚱蜢怎麼可能自己鑽進床鋪裡？要是讓蚱蜢這樣鑽進床裡，誰受得了啊。你們爲什麼要這樣惡作劇，快從實招來。」

「要我們怎麼招呢。明明就沒放，要怎麼說明呢？」

卑鄙的傢伙，既然敢做不敢當，那就別做嘛。只要舉不出證據，他就打算裝蒜到底，一副厚顏無恥的模樣。我中學時也曾經調皮過，但每當有人問是誰幹的，我絕不會當縮頭烏龜，幹這種卑鄙事——沒做就沒做，做了就要敢當。我這個人不管再怎麼惡作劇，始終光明磊落。既然要這樣說謊躲避責罰，那一開始何必惡作劇呢？惡作劇和責罰是如影隨形的，正因爲有責罰，才能開心地惡作劇。

光惡作劇卻不受罰，到底是哪個國家流行這種卑劣的品行？像那些借錢不還的醜事，肯定是這種學生畢業後會幹的事。他們到底是來學校做什麼？到學校來說謊騙人、打馬虎眼、背著人淨幹這種狂妄的惡作劇，然後趾高氣昂地畢業，誤以爲自己也算是個知識分子。像這種雜碎，眞是不值一提。

要和這種思想扭曲的傢伙談判，令我感到噁心作嘔，於是對他們說：「既然不說，我也懶得問了。你們進了中學，卻連高尚和低俗都無法分辨，眞是可悲。」隨之將他們六人趕了出去。雖然我自己的言行也不太高尚，但自認內心可比他們高尚多了。那六人從容地離去，外表看起來比我這位老師還要神氣。其實他們表現得如此從容，更突顯出他們的壞心眼。我終究還是只有這麼點度量。

接著我上床躺平，經過剛才那場騷動，蚊帳裡開始嗡嗡作響。要點燃蠟燭，一一燒死這些蚊子，那也太費事了，我辦不到，索性拆下吊鉤，將蚊帳折成長條

---

⑬「田樂燒」是將豆腐、茄子、魚之類的食材刺成一串，塗上味噌加以燒烤的料理。「菜飯」日文為なめし（NAMESI），而這裡的學生說話帶地方口音，語尾會加上なもし（NAMOSI），兩者語音相近。

狀，在房內呈十字形來回甩動，結果吊環重重打向我的手背。

當我第三度上床時，已平靜些許，但猶然難以入眠。我望向時鐘，現在已是十點半。仔細想想，我當眞來到一處麻煩的地方。如果每個地方的中學老師都得和這種學生周旋，那還挺可憐哪，竟然沒鬧老師荒，有夠不容易。可想見日後應會成爲耐性十足的呆頭鵝，這我實在做不來。想到這裡，我不禁欽佩起阿清。她雖是個沒知識也沒身分的老太婆，但人品高潔。過去我受她百般關照，卻不曾心存感激，如今獨自遠赴他鄉，這才明白她對我的好。她如果想吃越後的竹葉糖，我就算專程跑到越後買來請她吃也値得啊。阿清常誇我清心寡欲、爲人耿直，比起我，她自己可不更了不起麼——我突然好想見阿清一面。

我腦裡想著阿清，挺身伸了個懶腰時，突然頭上傳來約有三、四十人打著拍子、用力踩踏地面的聲音，幾乎快把二樓地板給踩塌了。接著傳出與踩踏聲相當的吆喝聲，我以爲發生了什麼事，驚訝地彈跳而起。甫一跳起我便明白，原來是學生們爲了方才那件事想對我還以顏色，因而集結大鬧一場。你們所幹的壞事，只要不自己承認說「我錯了」，罪過就不會消除，而且幹過的壞事，你們自己心裡頭有數，照理說該在一覺醒來後深感後悔，一早跑來向我道歉才算合情合理。

就算沒來道歉，至少也該感到愧疚，乖乖睡覺才對。但你們搞這場騷動，到底在演哪齣?學校蓋宿舍，不是用來養豬的。要做這種瘋狂的舉動，亦該懂得分寸拿捏吧。看我怎麼治你們!

穿著睡衣衝出值班室，我三步併作兩步地衝上樓梯。而詭異的是，之前他們原本在我頭頂上方大肆喧鬧，現在突然變得鴉雀無聲，別說人聲了，就連腳步聲也沒聽見。眞是奇怪!這裡的油燈早已熄滅，一片漆黑中完全感覺不出四周有些什麼，不過憑現場的狀況，猶可判斷是否有人。由東往向西的這條漫長走廊，連一隻老鼠都藏不了。月光從走廊末端射進，遙遠的前方顯得極爲明亮。此事著實怪異，我打小就常作夢，常在夢中猛然起身，說著聽不懂的夢話，淪爲大家的笑柄。十六、七歲時，有一晚夢見自己撿到鑽石，就此霍然起身，著急地朝身旁的哥哥直問:「我的鑽石跑哪兒去了?」當時此事成了家中的笑話，連笑了三天之久，實在很糗。照這樣看來，興許我現在也是在作夢。可是剛才確實有人喧鬧，正當我站在走廊中央思索時，月光照進的走廊末端處傳來三、四十人的聲音，喊著「一、二、三，嘩」，像剛才一樣打著拍子，一同踩踏著地板。看吧，這果然不是夢，是眞有其事。「別大聲喧譁，現在是半夜呢!」我以不輸他們的響亮聲音喚道，往走廊前方奔去。我所在的位置光線昏暗，只能以走廊盡頭的月光爲目標。跑了約四公尺遠，來到走廊中央，小腿撞向一個堅硬之物，當痛楚傳達腦中時，我的身子已騰空飛出。我暗罵一句「混帳東西」，站起身來卻無法奔跑。雖然心急，偏偏雙腳不聽使喚。因爲急著趕去，我改用單腳跳，但已聽不到腳步聲和說話聲，四周一片悄靜。一般人再卑鄙也不至於卑鄙到這種程度，簡直跟豬沒兩樣。既然這樣，在我揪出躲藏的傢伙、逼對方道歉之前，絕不善罷甘休。

我下定決心，決定打開其中一間寢室檢查，但門就是打不開。不知是鎖上了門，還是立起桌子抵住門，不論再怎麼使勁推都打不開，接著我改朝它對面北側的寢室試試，結果一樣打不開。正當我急著想打開門揪出裡頭的傢伙時，東邊盡頭又開始傳來吆喝聲和打拍子的聲音。這些小鬼串通好，東西呼應，想聯合起來要我是吧？我心裡這般作想，卻不知該怎麼做才好。坦白說，我勇氣有餘，獨缺乏智慧，全然不曉得這種時候該如何處理。話雖如此，我可不想就此認輸，要是就這麼算了，這張臉哪掛得住，倘若日後他們說東京人就是這等窩囊，那多不甘心啊。要是別人以爲我值班時，被一群流鼻涕的小鬼嘲笑，對他們束手無策，最後只能躺在床上暗自啜泣，那我這一生的名節就全毀了。我好歹也是旗本之後，旗本的祖先是清和源氏，乃為多田滿仲⑭的後裔——天生和你們這些地方百姓不同，唯一美中不足的，僅有智慧略嫌不足罷了，只是不知道該如何處理而感到頭疼。就算對此頭疼，我也不會輕易認輸。就是因為正直，才找不出方法解決。仔細想想，這世上豈有正直的人落敗，而由其他人獲勝的道理。要是今晚贏不了，那就等明天再贏回來；倘若明天贏不了，那就後天再贏；後天贏不了，我就從住處帶便當來，在這裡住到獲勝為止。

就此下定決心，在走廊中央盤腿而坐，靜候天明。儘管蚊子不停在耳邊糾纏，但我完全沒放在眼裡。我輕撫剛才撞痛的小腿，觸感濕滑，應該是流血了。流血就盡管流吧。過沒多久，剛才累積的疲勞一次湧現，就此打起了盹。驀然間，我感覺到喧鬧聲，睜開眼，心裡暗叫不妙，急忙一躍而起。我右側的那扇門

---

⑭「旗本」是江戸時代直屬於將軍，俸祿未滿一萬石的武士。清和源氏是以第五十六代清和天皇的皇子為始祖的源氏一族，為賜姓皇族之一。多田滿仲原名源滿仲，是清和源氏「六孫王」源經基之長子，也是源賴光的父親，後來他在多田町多次定居，故而被稱「多田滿仲」。

開了一半，兩名學生站在我面前。我回過神來，爲之一驚，馬上一把抓住眼前那名學生的腳，使勁往後一拉，那傢伙應聲摔了個四腳朝天。活該！另一名學生正爲之慌亂時，我一個飛撲向前，按住他肩頭，使勁晃了他兩三下，他嚇得兩眼眨個不停。「來，到我房間去！」我拖著他們走，這兩人看起來都很窩囊，乖乖跟著我走，不敢說半句話。當時早已天亮。

我開始逼問被我帶進値班室的傢伙。豬就是豬，任憑你再怎麼打牠、踹牠還是一樣，看來，他們打算從頭到尾都堅稱自己不知情，絕不會乖乖招供。不久後來了一人，來了兩人，漸漸地，越來越多人從二樓往値班室聚集。仔細一看，他們個個睡眼惺忪，眼皮浮腫。好一群卑鄙的傢伙！不過才一晚沒睡，臉色就這麼難看，這樣也配自稱是男子漢嗎？我對他們說「先去洗把臉再來理論吧」，但沒人肯去洗臉。

我獨自面對那五十多人，與他們爭論了約一個小時之久，這時狸貓突然前來。事後聽說，是工友專程跑去通知校長，說學校裡發生了騷動。區區一點小事還跑去喚校長來，未免也太窩囊了，就是這樣，才會在中學裡當個小小的工友。

校長聽取我的說明，也聽完學生們的解釋。他把住校生都放了，並對他們說：「在我下達處分前，你們跟平時一樣上學去。再不快去洗臉、吃早飯，會趕不及上課，動作快。」處罰得也太輕了吧。換作是我，馬上就叫這些住校生全部退學。就是處事這麼隨便，學生才沒將值班老師看在眼裡。

爾後校長對我說：「讓你擔憂受怕了，現在一定很累吧。你今天可以不用上課。」

我應道：「不，我一點都沒擔憂受怕。這種事就算每天晚上上演，只要我還有一口氣在，就完全不會擔心。課我還是會去上，如果才一晚沒睡就無法授課，那不如把領到的薪水歸還給學校。」

不知校長在想些什麼，他朝我注視了半晌，接著向我提醒道：「不過，你的臉很腫呢。」

難怪我覺得有點不太舒服，滿臉發癢，肯定是被蚊子叮了不少包。我一面朝臉上搔抓，一面回答：「就算臉有點腫，嘴巴還是能說話，對授課不會有影響。」

校長笑著誇讚道：「你可眞有活力呢！」

坦白說，他這不是誇獎，而是在調侃。

五

紅襯衫問我要不要去釣魚。紅襯衫這個人說起話來柔聲細語，教人聽了渾身不舒服，簡直雌雄莫辨。如果是男人，就該展現出男子氣概的聲音啊，尤其他還大學畢業呢。像我這種物理學校畢業的人，都能發出這種聲音了，他堂堂一位文學士卻那副德行，眞替他覺得丟臉。

我不太情願地回了一句「這個嘛……」，他接著問了一個很沒禮貌的問題：「你釣過魚嗎？」我告訴他：「雖然沒釣過幾次，但小時候我曾在小梅的魚塘裡釣到三尾鯽魚。另外還曾在神樂坂毘沙門堂的緣日⑮當天，以魚鉤釣到一條約八寸長的鯉魚，正當我暗自叫好時，牠又『撲通』一聲掉進水裡，現在回想起來仍覺得可惜。」紅襯衫聽了之後，下巴往前挺出，呵呵直笑。他大可不必笑得這麼裝模作樣。

「這麼說來，你還不懂釣魚的滋味。你願意的話，我可以傳授幾招喔！」他得意洋洋地說道。——誰要你教啊！這些喜歡釣魚、打獵的人，全都很無情。如果不是無情，又豈會以殺生爲樂。不論是魚還是鳥，肯定都覺得活著比被人殺害來得快樂。倘說靠釣魚或打獵為生，倒另當別論，但要是生活不虞匱乏，卻還得殺生才睡得好覺，這樣未免太糟蹋了。儘管我心裡這麼想，偏對方是文學士，定然有著三寸不爛之舌，我八成辯不過他，索性沉默以對。結果他誤以為自己成功說服我，頻頻向我邀約道：「那我就馬上來教你吧。若你有空，今天就去如何？一道去吧。只有我和吉川兩個人去的話，實在太冷清了，你也一起來吧。」

吉川就是我稱之為「馬屁精」的那位美術老師。真不曉得馬屁精打著什麼主意，成天在紅襯衫家裡進出，老跟在他身後打轉；這樣哪像平輩哩，根本像主僕。只要有紅襯衫在的地方，馬屁精一定也會在場，所以我對此並不驚訝，但他們兩人自己去就好了，為什麼要邀態度冷淡的我一起同行？準是想藉由這種高傲的釣魚嗜好，來向我炫耀他們釣魚的本事。拿這種事向我炫耀，我才不吃這一套呢！就算你們能釣到兩三尾鮪魚，我也不覺得有什麼了不起。我也是人，就算再不濟事，只要垂下魚線總還會有魚上鉤吧。要是我現在說不去，紅襯衫定會自

⑮「緣日」是與神佛結緣的日子。通常都會選在神佛誕生、示現、誓願等有緣的日子，舉行祭祀或供養。

己瞎猜，認定我是釣技太差才不敢去，而不是因為不愛釣魚才不去。我心中如此暗忖，遂便答應一同前往。

接著，我處理完學校的事，返回家中整理好後，在車站與紅襯衫、馬屁精他們會合，一同前往海濱。我們搭的船只有一位船老大，船身細長，在東京一帶從沒見過這樣的船。打從剛才起，我就一直朝船上打量，始終沒看到半根釣竿。我問馬屁精：「沒釣竿能釣魚麼，你們打算怎麼做？」只見他輕撫著下巴，一副像是箇中老手般地說：「海釣哪需要釣竿，單靠釣線就夠了！」早知道會被回嗆這麼一句，方才實在不該多嘴。

船老大緩緩划著槳，技術果純熟得驚人，回頭一看，我們已離岸很遠，海濱變得好渺小。高柏寺的五重塔挺立於森林之上，看起來宛如一根細針。往前望去，可以看見青島浮泛海上。聽說它是座無人島，仔細一看，上頭僅見奇松怪石——只有石頭和松樹，確實不能住人。紅襯衫頻頻眺望眼前景致，直誇「風景眞美」，馬屁精則稱道「眞是絕景」。我不知道這樣算不算絕景，可確實心情舒暢，在遼闊的海面上享受海風吹拂，當眞是養身良藥。我頓時感到飢腸轆轆。

「你們看那棵松樹，樹幹筆直，上頭開成傘的形狀，透納⑯的畫裡頭好像也有這種景致。」紅襯衫對馬屁精道。馬屁精也露出心領神會的模樣應話：「簡直是透納的翻版嘛，再也找不到像這樣的彎曲弧度了。就和透納的畫如出一轍！」我不知曉透納是何方神聖，但沒問也不會有事，索性保持沉默。

小船以順時鐘方向繞島而行，水面波浪不興，平靜得教人很難相信是在海上。託紅襯衫的福，我玩得頗愉快。如果可以，我甚至想到島上看看，於是我問：「船能停向那處有岩石的地方嗎？」紅襯衫提出異議：「也不是不能停，不過釣魚時不能太靠近岸邊。」於是我再度沉默。

這時，馬屁精在一旁多嘴道：「教務主任，我們乾脆把那座島稱作『透納島』吧，您覺得怎樣？」紅襯衫說：「有意思，我們今後就這樣叫它吧。」看似深表贊成。要是也算我一份，那可傷腦筋了，我覺得叫「青島」就夠了。

馬屁精接著說：「將拉斐爾的瑪丹娜⑰擺在那塊岩石上，您覺得怎樣？包準

⑯威廉・透納（Joseph Mallord William，1775~1851），英國浪漫主義風景畫家。此處提到的松樹，應該是其作品「金枝」。

⑰這裡的瑪丹娜（Madonna），指聖母瑪利亞。

會是一幅好畫喔。」

「你就別再說瑪丹娜的事了，呵呵呵。」紅襯衫陰陽怪氣地笑著。

「有什麼關係嘛，又沒別人在，沒事的。」說完後，馬屁精望向我，還故意把臉轉開，暗自發出佞笑，教人看了心裡不是滋味。

管他瑪丹娜也好，大少爺也罷，都和我無關，你們要叫對方站在那上頭，是你們的自由，但說著別人聽不懂的話，擺出一副「反正他也聽不懂，別理他」的模樣，實在下流。他還曾說自己也是老東京呢。反正那個叫瑪丹娜什麼的，八成是和紅襯衫相好的藝妓花名。竟叫自己相好的藝妓站到無人島的松樹底下欣賞，眞服了他。馬屁精乾脆把它畫成油畫去參展吧。

「這裡應該就行了。」船老大停好船，卸下錨。

紅襯衫問「這裡有幾米深？」，船老大回答「約十一米深」。

「十一米深的話，不容易釣到鯛魚呢。」紅襯衫如此說道，把釣線拋進海中。他似乎想釣鯛魚，眞夠豪氣哩。

馬屁精在一旁奉承道：「放心，憑教務主任的本事，絕對能釣到，而且現在風平浪靜。」他也跟著垂下釣線。釣線前端吊著像秤砣般的鉛塊，不見浮標。沒用浮標釣魚，就像不用溫度計而要量體溫一樣。

我在一旁看著，自忖沒這個能耐，此時他們向我喚道：「來，你也釣吧。有釣線嗎？」我回答說：「釣線多得是，但沒有浮標。」紅襯衫道：「沒浮標就不能釣，那是門外漢。要像這樣，當釣線沉抵水底時，就在船舷處以食指感應動靜。只要魚吃了餌，馬上能感覺得到。……來了！」他開始收線，本以爲他釣到了，結果什麼也沒有，就只是平白被吃掉了魚餌。活該！

「教務主任，眞是太遺憾了。剛才肯定是一尾大魚，竟然有辦法從您手中逃脫，看來今天半點都不能大意。不過，讓魚逃走了又何妨，好歹也比只會乾瞪著浮標的人來得強，因爲他們那樣就像沒了剎車便不敢騎腳踏車一樣啊。」

馬屁精淨在一旁胡言亂語，我實在很想飽以老拳。我也是人，而且這片海又不是全讓教務主任一個人包下。這麼寬闊的大海，總會有隻鰹魚賞些面子，讓我給釣上吧。於是我將秤砣和釣線「撲通」一聲拋進海中，隨便以手指操控。

半晌過後，有東西在扯動釣線。我想了想，一定是魚！若不是有活的東西，絕不會這樣拉扯。太好了，我釣到了。我使勁拉回釣線。

「哦，釣到啦。眞是後生可畏呢。」馬屁精語帶嘲諷地如此說道時，我已拉回不少釣線，只剩五尺還浸在水裡。我從船舷往下望，發現有條像金魚般帶有條紋的魚卡在釣線上，正左右擺盪，順著我拉線的動作逐漸浮離水面。眞有意思！當我把牠拉出水面時，牠仍跳個不停，濺得我滿臉是水。我好不容易才抓住牠，想將魚鉤取下，但遲遲取不下來。抓魚的手滑不溜丟，感覺很噁心，我嫌麻煩，直接甩動釣線把魚砸向船內，馬上送牠歸西。

紅襯衫和馬屁精一臉驚訝地望著我。我朝海裡清洗雙手，湊向鼻端嗅聞，還留有腥臭。這下我可受夠了，不管再釣到什麼，我都不想徒手抓魚啦，魚應該也不想讓我抓在手裡吧。我連忙將釣線捲好。

「頭一次上戰場就立了功，可惜是隻花鰭海豬魚『高爾奇』。」馬屁精又在那裡大放厥辭。

紅襯衫則插科打諢道：「說到高爾奇，這名字倒挺像俄國文學家高爾基。」

「說得是，根本就是俄國文學家嘛。」馬屁精馬上附和道。

高爾奇是俄國文學家，丸木是東京港區「芝」一帶的攝影師，長米的樹是衣食父母⑱。紅襯衫還眞有怪癖，也不管對象是誰，老愛講一些全是外來語拼湊成的外國人名。每個人各有不同的專攻，像我這樣的數學老師，哪知道什麼高爾奇、搞飛機什麼的，他應當知所節制才對。真那麼想說的話，好歹也要舉《富蘭克林自傳》或是《奮勇向前》⑲這類連我也知道的名稱才對！紅襯衫不時會帶紅色封面的《帝國文學》雜誌到學校來，看得津津有味，我向山嵐詢問後才得知，紅襯衫提到的那些外來語人名全是出自那本雜誌。這《帝國文學》還真是本罪孽深重的雜誌呢。

接下來紅襯衫和馬屁精全神貫注地釣魚，在一個鐘頭左右的時間裡，兩人釣上了十五、六尾。可笑的是，他們再怎麼釣都是高爾奇，還說什麼鯛魚哩，根本連影子都沒瞧見。紅襯衫對馬屁精說：「今天可說是俄國文學大豐收呢。」馬屁精回答道：「憑您的釣技都只釣到高爾奇，我自然也只能釣到高爾奇了。」向船老大詢問後才知道，這種小魚多刺，肉質又差，難以下嚥，只能當肥料用。原來紅襯衫和馬屁精一直拚命在釣肥料，真教人同情啊。我才釣到一隻就學乖了，一直

⑱高爾奇（ゴルキ）、丸木（マルキ）、長米的樹（コメノナルキ），在日文中的發音有部分相近。

⑲《奮勇向前》（*Pushing to the Front*），美國企業家奧里森・斯威特・馬登（Orison Swett Marden，1850～1924）的著作，和《富蘭克林自傳》一樣曾當作日本中學教科書。

躺在船上仰望蒼穹——比起釣魚，這樣躺著灑脫多了。

這時，他們兩人開始悄聲聊了起來。我聽不清楚，也不想聽。

我仰望天空，想著阿清。要是我有錢，帶著阿清到這麼漂亮的地方遊玩，那會是何等樂事啊。縱使景色再美，只要與馬屁精他們同行，一樣無趣。阿清雖然是個滿臉皺紋的老太婆，但不管帶她上哪兒，我都不會覺得難為情。至於馬屁精，不論是坐馬車、搭船，還是上凌雲閣⑳，我都無法和這種人親近。如果換作我是教務主任，紅襯衫換成了我，馬屁精肯定也會對我阿諛奉承，然後對紅襯衫冷嘲熱諷。人們都說東京人輕浮，要是像他這樣的人走遍各個鄉里，逢人便說「我是老東京」，鄉下人定會以爲輕浮是東京人的代名詞，東京人就是輕浮。正當我思索著此事時，他們兩人在一旁竊笑。笑聲間夾雜說了些話，說得斷斷續續，聽不懂說了些什麼。「咦?後來怎樣……」——「……眞是的……因爲他自己不知道……眞是罪過」——「該不會是……」——「他把蚱蜢……眞的喔。」

別的話我沒聽到，唯聽到馬屁精提到蚱蜢時，不禁心頭爲之一凜。不知爲何，馬屁精在說到「蚱蜢」這個字時特別用力，清楚傳進我耳中，之後說的話卻又故意講得模糊不清。我沒動作，但一直豎耳細聽。

「又是堀田……」——「也許……」——「天婦羅麵……哈哈哈」——「……煽動……」——「丸子也是？」雖然他們講得斷斷續續，但是從他們提到的蚱蜢、天婦羅麵、丸子來推測，肯定偷偷在談我的事。既然要說，大可說大聲一點，倘要說悄悄話，又何必邀我來呢。眞教人看不順眼！管它是蚱蜢還是榨菜，那件事根本錯不在我，是因為校長說那件事先由他來處理，我才看在狸貓的面子上暫時隱忍下來。你這馬屁精竟敢在旁說三道四，我看你最好含著毛筆退一邊去吧！本大爺的事早晚都會自行做個了結，所以他要怎麼說，我都無所謂，不過他提到「又是堀田」、「煽動」，這些話倒令我頗在意。意思是堀田（山嵐）煽動我引發這場風波嗎？還是指堀田煽動學生來整我？我實在想不透。

就在我仰望藍天思索時，陽光逐漸減弱，吹起陣陣涼風。宛如輕煙般的浮雲，靜靜地往清澈的天空延伸而去，不知不覺間流入蒼穹深處，彷彿披上一抹淡淡的煙靄。

⑳明治時期到大正末期，位於東京淺草的一棟十二層樓塔式建築。此座塔於大正十二年（西元一九二三年）關東大地震中崩毀。

「我們也該回去了。」紅襯衫像突然想到似地提議道。

馬屁精也說：「是啊，也是時候了。您今晚要去見瑪丹娜嗎？」

「傻瓜，別亂說，會被誤會的。」紅襯衫應道，且要原本身子倚著船舷的馬屁精坐正。

「嘿嘿嘿，不會有事的。就算他聽到了……」馬屁精回頭望我時，我正雙目圓睜地望向他。馬屁精就像覺得刺眼般，別過臉去說：「哎呀，眞傷腦筋。」他縮著脖子直搔頭，眞是個老滑頭。

船在平靜的海面上駛回岸邊。紅襯衫問我：「看你好像不太喜歡釣魚呢。」我回答他：「是啊，躺著仰望天空還比較有意思。」接著把抽一半的香菸拋進海中，發出「嗞」的聲響，在船槳撥開的波浪上搖曳盪漾。

「你來了之後，學生們非常高興，要繼續努力喔。」他接著談到和釣魚完全無關的事。

「應該沒那麼高興吧。」

「不，我這不是客套話，他們眞的很高興。你說是吧，吉田？」

「何止高興啊，根本就是鬧翻天了。」馬屁精不懷好意地笑著。這傢伙的話句句都惹我生氣，當眞奇怪。

「不過，你要是不小心一點，會有危險喔。」紅襯衫又說。

「危險是免不了的，我早已做好心理準備。」事實上，要嘛就我辭職，要嘛就住校生全部向我道歉，我打算從中擇一。

「你這樣說的話，我眞不知該怎麼處理才好。其實我身爲教務主任，是爲你著想才對你這樣說，所以你若誤會了我的意思，我也很爲難。」

「教務主任對你是一番好意。我雖不才，但同樣是東京人，我也希望你能長久待在學校裡，彼此互相照應，我會暗中盡力幫你忙的。」馬屁精說得頭頭是道。

倘要受馬屁精照顧，我寧可上吊自盡。

「再說學生們都很歡迎你來，雖然當中有許多內情，有些事還惹你生氣，但都請你暫且忍耐，多多擔待。我們絕不會虧待你的。」

「你說『許多內情』，是什麼樣的內情？」

「這事說來就複雜了，不過你日後漸漸會明白的。就算我沒說，你也自然會知道。對吧，吉川？」

「是啊，非常複雜呢，不是一朝一夕能夠弄清楚，但逐漸便會明白的。就算我沒告訴你，你也自然會明白。」馬屁精說著和紅襯衫一樣的話。

「如果是那麼麻煩的內情，不聽也罷，只是因為你說出口，我才問的。」

「你說得是。我自己開啓話端，沒接著往下說可太不負責任了。那麼，我就稍微向你透露一些吧。請恕我直言，你剛自學校畢業，又是第一次當老師，而學校是個充滿利益糾葛的地方，像你這種一派書生氣息加上淡泊處世的態度，在學校裡是行不通的。」

「如果淡泊處世不行，那該怎樣才行？」

「你就是這麼率直，這也表現出你的歷練不夠……」

「總歸一句話，就是歷練不夠對吧。我在履歷表上也寫了，我只有二十三年零四個月的人生經歷。」

「所以你會在料想不到的事情上，遭人利用。」

「坦白說，不管誰想利用我，我都不怕。」

「你當然不怕，雖然不怕，卻還是會遭人利用。事實上，你的前任者就是被人整垮，所以你得小心才行。」

我發現馬屁精變得安分許多，轉頭一看，原來他在船尾和船老大聊起釣魚的事。沒馬屁精攪局，談起話來順暢多了。

「我的前任者被誰利用？」

「我若指名道姓，關係著對方的名譽，所以不能透露。再說此事沒有明確的證據，我若講了，便成我的過錯了。總之，既然你大老遠來到這裡，要是這麼搞砸了，那我們找你來也就沒意義了，你自己得多加小心。」

「就算你叫我小心，我也不知道該怎麼個小心法啊。只要別做壞事不就行了嗎？」

紅襯衫呵呵輕笑，咦，我可沒說什麼好笑的事哪。截至目前爲止，我堅信自己行得正、坐得端，唯仔細想想，世上大部分人都在鼓勵學壞。他們似乎相信，只要沒學壞，就不會在社會上成功；偶爾看到一個正直又純眞的人，就說對方是大少爺、是小鬼頭，雞蛋裡挑骨頭，瞧不起人。既然這樣，小學和中學的公民老師又何需教孩子「不准說謊」、「爲人要正直」呢，乾脆直接在學校傳授「說謊的技巧」以及「不相信人的方法」、「利用人的妙招」，這樣對這社會、對當事人都好。紅襯衫一直呵呵笑著，似在笑我的單純。如果單純和率眞在這社會上會惹人訕笑，那也沒辦法。像這種時候，阿清絕對不會笑我，她都一臉感佩地專注聆聽。阿清遠比你紅襯衫要高尚多了。

「當然了，只要別做壞事就行了，不過，即使你自己沒做壞事，可要是你不懂別人的壞心眼，照樣會吃虧。這世上有人看起來一副光明磊落、淡泊名利的樣子，還很熱心地幫人找住處，偏偏對這種人千萬大意不得啊。嗯……天氣轉涼，已經都秋天了，海濱因煙靄而化為深褐色。這景色眞美。喂，吉川，你看這海濱的顏色如何啊？」他大聲叫喚馬屁精。馬屁精也極力附和道：「沒錯，確實是奇景。要是有時間的話，我乾脆在這裡寫生，如此美景就這樣擱著，誠然可惜。」

港屋二樓亮起一盞燈，當火車的汽笛聲響起時，我們這艘船的船頭已插進岸邊的沙地裡，停止前進。「這麼快就回來啦。」老闆娘站在海濱朝紅襯衫問安。我從船邊發出「喝」的一聲吆喝，躍向岸邊。

六

我實在受不了馬屁精。像這種人，讓他身上綁一塊醃醬瓜用的壓石沉入大海，誠屬全日本之福呢。

紅襯衫則是聲音聽了教人難受，他是刻意裝模作樣，讓原本的聲音變得很溫柔，但任憑他再怎麼矯揉造作，配上那張臉一樣白搭。就算有人會看上他，大概也只有像瑪丹娜那種貨色的女人吧。不過，正因爲他是教務主任，說起話來比馬屁精深奧多了。回家後，我思索他說的話，覺得頗有道理。他沒明說，所以我猜不出話中的含意，不過他好像是在告訴我，山嵐不是個好東西，須加小心提防。既是這樣，挑明著說不就得了，眞不像男人。如果山嵐是那麼糟糕的老師，早點將他革職不就行了麼。虧教務主任還是個文學士，行事卻如此窩囊，連背地裡說人壞話都不敢指名道姓，像這種男人實在是膽小到了極點。

膽小鬼向來都很親切，所以紅襯衫才會像女人一樣親切。親切歸親切，聲音歸聲音，雖然討厭他的聲音，但若因這樣而無視於他對我的親切，那也說不過去。不過話說回來，這世界還眞是難懂，看不順眼的人對我親切，意氣相投的朋友卻是壞蛋，簡直像在耍人。應該是因爲這裡是鄉下，凡事都和東京反其道而行吧。好一個怪地方，難保哪天大火會結冰，石頭變豆腐哩。然而，他說山嵐煽動學生，但山嵐不像會做這種惡作劇。聽說他是最有人望的老師，所以他要眞想做的話，應該什麼事都做得出來，不過……他大可不必這樣大費周章，直接找我大打一架反而省事。如果是我哪裡礙著他，他可以挑明著一一點出，然後說一句「你妨礙到我了，你自己請辭吧」，這樣也行。凡事都好商量。他若講得合情合理，我可以明天就遞辭呈——又不是只有在這裡才能討生活，男兒四海爲家，我自認不會餓死街頭。唉，看來山嵐也是個不可理喻的傢伙。

之前初到此地，第一個請我喝涼水的人就是山嵐。讓這種表裡不一的人請我喝涼水，有損我顏面。我當時只喝了一杯，所以他付了一錢五厘。但不管是一錢還是五厘，受這種騙子的恩惠，我到死都不會稱心。明天到學校後，馬上還他一錢五厘吧。我之前向阿清借了三圓，至今過了五年，那三圓我都還沒還，不是還不起，而是沒還。「應該就快還了吧」，阿清絕不會這樣揣測我的心思；而我也不會像外人一樣客套，想著要馬上還錢。我如果操這個心，就等同對阿清的不信任，像是在挑剔阿清的良善之心。我沒還錢，並非在糟蹋阿清的好意，而是把她當成自己人看待。山嵐與阿清根本無法相提並論，不論是冰水還是甜茶，受人恩惠而不言謝，那表示認定對方是號人物，是向對方展現誠意。只要付錢就能解決的事，卻當作是對方所賜之恩惠，一直心存感激，這不是金錢所能買到的回禮。

儘管我沒權沒勢，但好歹也是個獨立的男子漢。要一個獨立的男子漢向人低頭感謝，這應該看作是比一百萬兩黃金備加貴重的謝禮。

我讓山嵐慷慨地付那一錢五厘的涼水錢，自認獻上了比百萬兩黃金備加貴重的回禮，山嵐理應心存感謝才對。他卻背地裡耍陰險手段，眞是豈有此理。只要明天我到學校還他一錢五厘，就跟他兩不相欠。之後再和他大吵一架。

心中做好這樣的盤算後，頓感睡意，遂便倒頭呼呼大睡。隔天，我心中有所打算，比平時更早到校，等候山嵐前來。偏遲遲不見他人。劣瓜來了，教漢學的老師來了，馬屁精來了，最後連紅襯衫也來了，但山嵐的桌上就只放著一根粉筆，冷冷清清。本想一進教職員休息室就還他錢，所以出門時便像要上澡堂一樣，手裡握著一錢五厘，一路走到學校。我易流手汗，張開手一看，那一錢五厘已沾滿汗水。我心想，要是將這沾滿汗水的錢還給山嵐，不知他會說些什麼，於是把錢擺在桌上吹乾，然後又握回手裡。

這時紅襯衫突然走來對我說：「昨天眞是失禮了，想必造成你的困擾。」我回答道：「我不覺得困擾，不過，後來倒是餓得緊。」接著他將手肘撐在山嵐桌上，那張大餅臉湊向我鼻子旁，還以爲他要幹麼呢，只見他悄聲道：「昨天返回時在船上說的話，請你保密。你應該還沒跟任何人說吧。」他的聲音跟娘兒們一樣，看起來有夠神經質。我確實還沒說，但接下來正準備要說，那一錢五厘就握在我掌心裡，此時紅襯衫突然要我封口，教我有些爲難。這紅襯衫也眞是的，就算他沒指名說是山嵐，但他給了那麼好猜的謎題，現在卻又要求我別解開謎題，實缺乏教務主任應有的樣子，太沒責任了。照理來說，他應該在我和山嵐正式開戰，打得如火如荼時，大大方方地挺身而出，站在我這邊才對。這樣才堪稱是堂堂一校的教務主任，你穿這身紅襯衫也才有意義啊。

我對教務主任說：「我還沒告訴任何人，不過正打算和山嵐談判。」

紅襯衫聞言，大顯慌亂地說：「你這樣胡來的話，我可傷腦筋呢。關於堀田的事，我可不記得自己曾清楚對你說過些什麼。所以你要是執意蠻幹，我會非常困擾。你到這裡來，總不是爲了在學校引發騷動的吧。」

他提出很不合常理的質問，於是我回道：「那當然，如果我又拿薪水，又引發騷動，學校方面應該也會相當爲難。」

「那麼，昨天的事你留作參考就行了，千萬別說出去喔。」

他滿頭大汗地拜託我，我只好答應他：「好吧，雖然我也覺得有點困擾，但既然會讓你這麼爲難，那我就算了吧。」

「眞的沒問題嗎？」紅襯衫再次確認道。他確實很像娘兒們，而城府深不可測。要是文學士全都像他這樣，那未免太無趣了，提出這種沒道理又缺乏邏輯的要求，竟仍如此神色自若，並且還敢懷疑我。不好意思，我好歹也是個男人——答應的事，豈會背地裡翻臉不認帳？

這時，兩邊辦公桌的老師也都來到了學校，紅襯衫這才匆匆回到自己座位。紅襯衫連走路方式都很裝模作樣，即使走在休息室裡，他也都是鞋底輕輕落地，不發出聲音。我這才知道，走路無聲也是他引以爲傲的事。又不是要學習如何當小偷，大可走得自然一點。

不久，上課的喇叭聲響起，山嵐最後還是沒來。不得已，我只好把一錢五厘擺放桌上，直接前往教室。

因爲授課的緣故，第一節課我延誤了一會兒才回休息室。其他老師們都坐在辦公桌前聊天。不知何時山嵐也已經到來。本以爲他今天請假，沒想到只是遲到。他一看到我便說：「因爲你的緣故，我今天才會遲到，你得幫我出罰款。」我拿起桌上的一錢五厘擱在山嵐面前，對他說：「這給你，你拿去吧，是之前在通町喝涼水的錢。」山嵐笑道：「你在說什麼啊！」見我一臉認眞，他回了一句「別開這種無聊的玩笑」，把錢又移回我桌上。喲，好你個山嵐，堅持要請我是吧！

「我沒開玩笑，是認眞的。我沒道理讓你請我喝涼水，所以才出這筆錢。你沒理由不收。」

「區區一錢五厘，果眞那麼在意的話，我可以收下，只是你爲什麼現在才突然想到要還呢？」

「現在還也行，隨時還都行。我不想讓人請客，所以才還你錢。」

山嵐冷冷地望著我，哼了一聲。若不是紅襯衫懇求我，我這就揭露山嵐卑劣的行徑，和他大吵一架，但因爲已答應保密，這才無法採取行動。看我氣得滿臉漲紅，他竟僅哼了一聲，豈有此理。

「涼水的費用我收下了，那請你搬離現在的住處。」

「你只管把這一錢五厘收下即可。要不要搬離現在的住處，是我的自由。」

「這可由不得你。昨天房東跑來找我，說希望你搬走，待問過原因後，我也覺得他講得有幾分道理，不過還是想先確認一下，所以今天早上才去了那裡一趟，詢問詳情。」

我不懂山嵐口中這番話有何意思。

「房東對你說了什麼，我哪知道啊。你自己這樣擅自作主，我只能被你晾在一旁。如果有什麼原因，應該對我講清楚，這才是做事應有的順序。一開始就說什麼房東講得有幾分道理，實在太失禮了。」

「好，那我坦白對你說吧，因爲你的粗魯，房東已經受不了你啦。對方可是房東太太，不是女傭，你竟然伸腳要人幫你擦，未免也太囂張了吧。」

「我什麼時候叫房東太太替我擦腳？」

「我不知道你有沒有叫她替你擦腳，但總歸一句，你讓他們傷透腦筋。對方說，區區十圓、十五圓的房租，只要賣一幅掛軸馬上就可賺回來。」

「那傢伙說得也眞好聽。既然這樣，當初何必租給我？」

「他爲什麼租給你，我不曉得。之前確實是將房子租給你住，可現在人家不想了，要你搬出去。你就搬走吧。」

「那還用說！就算他們懇求我繼續住，老子也不住了。話說回來，有這種會找藉口趕人的房東，還介紹我去租房子，你做事也太隨便了。」

「到底是我做事隨便，還是你自個兒不安分呢？」

山嵐的火爆脾氣與我不相上下，扯開嗓門大吼，一點都不輸我。休息室裡的老師們不知道發生何事，紛紛拉長著下巴，一臉茫然地望向我和山嵐。我並不覺得自己做了什麼羞於見人的事，於是站起身，朝屋內環視。眾人皆面露驚訝之色，唯獨馬屁精面露奸笑，彷覺有趣。我瞪大眼睛，朝他那張葫蘆乾似的臉投射凶狠目光，臉上表情寫著「你也想吵架是嗎」，他馬上轉爲一本正經，安分許多，看起來似乎有點害怕。

不久，喇叭聲響起，山嵐也停止和我爭吵，前往教室。

午後召開會議，針對之前晚上對我做出無禮行徑的住校生該如何懲處，進行討論。我有生以來從不知會議是何景況，應該是教職員全聚在一起，各說各話，最後由校長隨便加以總結歸納吧。「總結歸納」這個用語，應該是用在難以決定是非的事情上才對。爲了這種任誰看了都覺得很不應該的事件而召開會議，根本在浪費時間。不管由誰來解釋，都不可能會有異議。如此清楚明瞭的事，由校長馬上下達處分即可，何需多此一舉哩，眞是優柔寡斷。校長當成這樣，那也太沒價值了，簡直就是拖泥帶水的代名詞。

會議室位在校長室隔壁的狹長房間，平時充當食堂，內有二十張黑色皮椅，擺在長型桌四周，有點像神田的西餐廳。校長坐在桌子的一端，紅襯衫緊鄰校長而坐，其他人則隨意就座，不過聽說只有體育老師總是謙虛地坐在末座。我不清楚情況，所以坐在博物㉑老師和漢學老師中間。望向對面，山嵐和馬屁精坐在一起。馬屁精那張臉不管怎麼看都一樣低俗，就算是吵架，山嵐這傢伙也比他有意思多了。記得我爹出殯時，掛在小日向養源寺大廳裡的那幅掛軸，和山嵐長得眞像呢，我問寺裡和尚，得知那是名叫韋駄天的怪物。今天他生氣得很，所以一對眼珠骨碌碌轉個不停，還不時望向我。我心想，我才不會這樣就被你給嚇著呢。不肯服輸的我，同樣雙目圓睜瞪視著山嵐。我的眼睛雖然長得不好看，但比一般人都來得大，甚至連阿清都常說：「你有對大眼睛，日後當演員肯定適合。」

「人應該都到齊了吧！」校長如此說道，接著書記川村開始數人頭，還缺一席。本以爲缺了一席會議才開得成，實則是有一位沒來。

原來是劣瓜沒來。我與劣瓜似有著前世淵源，打從見到他的頭一眼，我就忘

㉑博物學的簡稱，含括動物學、植物學、礦物學、地質學等。

不了他的長相。每次進休息室，第一眼看到的就是他，即使走在路上，腦中也還是會浮現劣瓜的模樣。去泡溫泉時，劣瓜不時會一臉蒼白地泡在浴池裡，身子膨脹。而向他打招呼，他總會畢恭畢敬地回禮，教人挺不好意思。來到這所學校後，還沒見過比他更敦厚的人了。他鮮少笑，也不多話。我從書上得知有所謂的「君子」，本以爲僅存在於字典上，現實生活中並無這樣的人，但自從遇見劣瓜後，才覺得「君子」一詞眞有其人，對他很是佩服。正因爲他與我關係密切，所以我一走進會議室，馬上便發現劣瓜不在。坦白說，我原本打算要坐他身旁。

「他應該很快就會到了。」校長說道，解開面前一只紫色包袱，看起一份像是膠版印刷的文件。紅襯衫開始用絲綢手帕擦拭他的琥珀菸斗。這是他的嗜好，就像他愛穿紅襯衫一樣。其他人皆與左右兩旁同事竊竊私語，至於無事可做的人，則是以鉛筆尾端的橡皮擦在桌子上塗鴉。馬屁精不時與山嵐搭話，但山嵐不予理會，只「嗯」、「哦」隨口回應幾句，不時以凶惡的眼神望向我。我亦不甘示弱地回瞪。

這時，等候許久的劣瓜一臉歉疚地走進，他恭敬地向狸貓問候，並說因爲有些事不得不處理才晚到。「那麼，會議現在開始。」狸貓如此說道，命書記川村將膠版印刷的文件分發給眾人。文件開頭提到處分一事，接著是學生管理一事，另外還有兩三件事。狸貓一如往常擺出十足派頭，宛如教育之神上身般，慷慨激昂地說：「校內職員和學生有任何過錯，全因我個人寡德所致。每有事發生，我忝爲一校之長，總深感慚愧，而不幸的是，這次再度引發此等風波，本人實應向諸位致上最深之歉意。但是既然事已發生，就必須有所處分。事情經過如同各位所知，請就善後的處置方式發表各自感想，供我參考。」

聽完校長這麼說，我心想，這位狸貓校長多會說好聽話，眞教人佩服得緊。既然校長負起全責，說這一切全算他個人的過錯，是他的寡德所致，那他乾脆別處分學生，直接自己引咎辭職，豈不妙哉。這麼一來，哪有必要召開這什麼勞什子會議哪。首先，這純粹是憑常識就能想通的事：我安分地值班，而學生作亂。如果錯的人不是校長，也不是我，那便只有學生了。若是山嵐煽動學生，那只要收拾學生和山嵐就行了。——把別人捅的漏子往自己身上攬，四處對別人說「是我捅的漏子、是我捅的漏子」，世上怎會有這種人哩，此等事也只有狸貓才做得出來。他講出這般不合邏輯的論點，得意洋洋地環視眾人，但完全沒人開口。博物老師望著停在第一教室屋頂的烏鴉。漢學老師將文件摺起，然後又攤開。山嵐仍在瞪著我。如果會議是這等無聊的事，那我不如缺席去睡午覺還比較好。

心裡焦急下想率先開口打破僵局，我微微站起身，結果這時紅襯衫張口說話，於是我決定作罷。轉頭一看，只見他收起菸斗，一面以條紋圖案的絲綢手帕擦臉，一面發表意見。那條手帕穩是從瑪丹娜那裡拿來的，男人向來慣用白色的麻布手帕。

「聽聞住校生作亂的事，我身為教務主任，難辭督導不周之責，平日個人的德行沒能教化學生，對此深感慚愧。像這樣的事件，是因為存在著某些缺陷才會發生，乍看這起事件，感覺像是學生單方面的過錯，但若細究其眞相，也許當中的責任是出在校方。因此，若只表面上給予嚴懲，對學生將來未必有所助益。而且他們血氣方剛，精力過盛，欠缺辨別善惡的能力，也許他們是在無意識下做出這樣的惡作劇。照理來說，處分方式原本當由校長定奪，不容我置喙，唯仍懇請校長斟酌處理，盡可能給予寬宏包容。」

狸貓固然不簡單，紅襯衫亦非省油的燈，竟然公開說學生作亂不是學生的錯，是老師的錯。就像瘋子揮拳打人腦袋，卻說不是瘋子打人，是挨打的人自己不對。多麼幸福啊！如果精力過盛無處發洩，大可到操場上玩相撲啊，像這樣無意識地把蚱蜢放進別人床裡，誰受得了！照這樣子來看，就算睡覺時被割掉腦袋，也會宣稱他們是無意識的行為，而直接無罪釋放吧。

我如此暗忖，覺得該出面說些什麼才行，不過既然要說，就得語出驚人且滔滔不絕，否則就沒意思了。偏偏我有個毛病，就是每次只要一生氣，說沒兩三句話便會語塞。像狸貓和紅襯衫這些人，雖然比不上我，但都有一副三寸不爛之舌，要是我說錯話而被他們扯後腿，那可不妙。我暗自思忖，想先擬個腹案。這時，坐我對面的馬屁精突然站起身，嚇了我一跳。你一個小小的馬屁精竟然也跟人發表意見，眞是猖狂！

馬屁精以他平時那嬉皮笑臉的口吻道：「其實這次的蚱蜢事件以及吶喊事件呢，實屬罕見，令我們這些熱心教學的職員，暗自對本校的未來感到憂心。各位職員應該趁這次的機會深切反省，本校風紀非重新整肅不可。而方才校長與教務主任所言中肯，切中核心，我舉雙手贊成。還望給予寬宏包容。」馬屁精說的是人話，卻乏半點內容，純是一串語句的排列，不知所云——只聽得那句「我舉雙手贊成」。

雖聽不懂馬屁精這番話的含意，我仍聽得火冒三丈，還沒來得及擬好腹案，已霍然站起。「我舉雙手反對……」話說到一半，突然接不下去。「這種不合理的處分，我不能接受。」我補上這麼一句後，眾職員哄堂大笑。「這根本完全是學生的錯，此回要是不逼他們道歉，他們會得寸進尺的。就算得讓學生退學也無妨。……眞是太沒禮貌了，以爲我是新來的老師，就可以爲所欲爲……」說完後，我便坐下。

這時，我右邊的博物老師發表怯懦的意見：「學生做錯事固然不對，但給予嚴懲會引發反作用，這樣適得其反。我還是贊成教務主任的說法，給予寬宏的包容。」我左邊的漢學老師也說他贊成息事寧人的作法。歷史老師也說他的看法和教務主任一致。可惡，大多數人都和紅襯衫同一鼻孔出氣！竟然是這麼一群烏合之聚在經營學校，眞教我開了眼界。我原已下了決定，若不要求學生們道歉就是我主動請辭，兩者擇一，所以早做好心理準備，眼下要是紅襯衫取得勝利，我這就回住處收拾行李。反正我沒能力憑口才令他們屈服，就算這次令他們屈服，也不想再繼續和他們往來了。只要別待在這裡，學校會變成怎樣均和我無關。現在再多說什麼，定然只會引來嘲笑——誰還要跟你們白費唇舌呢。我擺出滿不在乎的模樣。

就在此刻，之前一直默默聆聽的山嵐突然站起身。我注視著他，心想，這傢伙同樣是要贊同紅襯衫的意見，反正我和你吵過架，要怎麼做隨你。結果山嵐用足以震動玻璃窗的響亮聲音說道：「我完全不同意教務主任及其他老師們的說法。我之所以這麼說，是因爲這起事件不管再怎麼看，都是五十名在校生渺視新來教師，而故意加以捉弄的行爲。教務主任說，應該從教師人品去反求此事發生的原因，但恕我直言，我認爲此言有所不妥。這位老師剛來沒多久就值班，與學生們接觸時間還不到二十天。在這短短二十天的時間裡，學生們無從評斷其學問和人品。倘有什麼理應被瞧不起的正當理由而受學生鄙視，那麼，學生們的惡行尙有斟酌的餘地，可若是毫無任何緣由就這樣捉弄新來教師，隨意寬貸行爲如此輕佻的學生則有損校方威信。教育的精神並非單純教授學問而已，在鼓吹崇高、正直之武士精神的同時，亦必須掃蕩卑鄙、輕佻、傲慢的惡習。如果以害怕反撲、擔心風波會鬧大爲由，予以姑息，便不知哪天才能矯正這樣的惡習了。爲了杜絕惡習，我們才到這所學校任職，要是對此視若無睹，那當初又何必爲人師表呢？基於這樣的理由，我認爲對住校生給予嚴懲，並要他們公開向該名老師表示歉意，才是妥當的作法。」說完後，山嵐重重坐下。

現場鴉雀無聲。紅襯衫又開始擦起了菸斗。此時我開心極了，彷若正打算說的話，全由山嵐代替說出了。我這個人就是這等單純，所以之前和他吵架的事早一股腦兒拋到了腦後，臉上露出無比感謝的神情望向山嵐，而他還是一樣，完全不當一回事。

隔了一會兒，山嵐又再站起身。「有件事剛才忘了提，在此補充。當晚的值班者，似乎在值班時出外泡溫泉，此舉很不恰當。身為學校的留守人員，卻趁無人督導之便，前往溫泉地泡湯，有失體面。學生之事姑且不提，希望校長針對此事，提醒該負責人注意。」

眞是個怪人，一會兒誇人，一會兒又揭人瘡疤。我在無意中得知之前值班的老師出外溜搭，以為這是慣習便就自己跑去泡溫泉，然現在經他這麼一提，確實是我不好。因為這樣而遭人怪罪，那也是沒辦法的事。於是我也站起身，「我的確是在值班時跑去泡溫泉，這麼做確實很不應該。在此致歉。」說完便又坐下，眾人又是一陣哄笑。只要我開口，他們就笑，眞是一群無聊的傢伙。你們有勇氣像這樣公開坦言自己的過錯麼，就是因為做不到才會笑吧？

接下來校長說：「大家似乎都沒意見了，我仔細考慮後，再下達處分。」

順便在此提一下結果，後來住校生被禁足一週，並向我當面道歉。因為當時我堅持，如果他們沒道歉，我就馬上辭職返鄉，所以最後照我的話做，結果引發另一件大事。此事稍後會再提及，校長當時聲稱還要繼續這場會議，開口說道：「學生風氣，必須由老師的感化來加以導正。其中一項作法，即是老師須盡可能避免出入餐館。如果是歡送會這類的情況則另當別論，但最好別單獨到不太高尚的場所去，例如蕎麥麵店、丸子店等等。」話一說完，眾人又是一陣哄堂大笑。馬屁精看著山嵐，口吐一句「天婦羅麵」，並使了個眼色，山嵐卻沒搭理他。活該！

腦袋欠佳的我，不太懂狸貓這番話的含意，只是心想，要是去蕎麥麵店和丸子店就不能當中學老師，那像我這樣的貪吃鬼鐵定辦不到。既然這樣，那就算了，打從一開始，他就應該雇用一位討厭吃蕎麥麵和丸子的人才對。一開始不明說，等發下聘書後才發布禁令，說什麼不能吃蕎麥麵、不能吃丸子，這對我這種沒其他嗜好的人來說無疑是嚴重的打擊。

這時紅襯衫接著道：「中學教師位居社會上流，不該只知一味追求物質的歡樂。若沉溺其中，終究會對品行帶來不良影響。但我們到底是凡人，若乏娛樂，實難以在這狹小的鄉下地方生活度日，所以我們應該到戶外釣魚、閱讀文學書，或是從事新詩、俳句的創作，追求高尚的精神娛樂才對……」

我在一旁靜靜聆聽，他倒是自吹自擂了起來。到海上釣肥料、說什麼高爾奇是俄國文學家、要相好的藝妓站在松樹下、還談到什麼「青蛙跳入古池」㉒，如果說這就是「精神娛樂」，那麼，吃天婦羅麵、大啖丸子合該也算是「精神娛樂」呀。你與其在這裡傳授無聊的娛樂，不如去洗你的紅襯衫吧！我實在嚥不下這口氣，便向他問道：「和瑪丹娜見面，也算『精神娛樂』嗎？」

這下子現場沒人敢笑，眾人表情古怪地面面相覷，而紅襯衫自己也尷尬地低下頭。見識到我的厲害了吧！不過我對劣瓜有點過意不去，我話才剛說出口，他那原本就蒼白的臉變得更加蒼白。

七

我當晚馬上搬離住處。

返回住處收拾行李時，房東太太直對我說：「是不是我們有哪兒招待不周之處，如有什麼事惹您生氣，請告訴我們一聲，我們可以改。」我眞是驚訝極了，這世上怎地淨是這種莫名其妙的人啊。她到底希望我搬走，還是希望我繼續住呢，我都被搞糊塗了。簡直瘋了！和這種人吵架，有損我東京人的名譽，所以我叫來一輛人力車，迅速搬離。

最後是搬離了那裡，但我卻無處可去。車夫問我要往哪兒去，我告訴他：「你跟我走就對了，等一下你便知道。」車夫快步緊跟在後。我嫌麻煩，本想前往山城屋，可到時候又得再搬一次家，實在費事。這樣漫無目的地往前走，應能夠找到寫有「吉屋出租」之類招牌的房子吧。到時候，索性當作是上天賜予的住處，就這麼住下吧。

我在一處看起來環境清幽頗適合居住的地方打轉，就這樣來到了鐵匠町。這裡多是武士宅邸，不是一般會提供房屋出租的市街，我本想返回較熱鬧的地方，那時卻突然靈機一動：我最敬愛的劣瓜就住在這附近。劣瓜是當地人，擁有祖先代代傳下的宅邸，肯定十分瞭解這一帶的情況。如果向他詢問，或許能告訴我哪

㉒松尾芭蕉的知名俳句，原文為「古池や蛙飛び込む水の音」。

裡有不錯的租屋處。幸好之前曾來拜訪過他，知道該怎麼走，不必再白費力氣找路。應該是這裡吧，我看準一棟房子，喊了兩聲「有人在嗎」，從裡頭走出一位年約五十的老婦，手裡拿著古意盎然的紙燭。我並不討厭年輕女子，不過看到上了年紀的人總覺得有分親切感，大概是因爲我喜歡阿清，這種情感也轉移到其他老太太身上吧。這位合該是劣瓜的母親，剪了一頭短髮，看起來氣質出眾，與劣瓜長得如出一轍。她請我入內，我答說「只是想見個面」，請她喚劣瓜到玄關來。向劣瓜說明我的情形後，我問他是否知道哪裡有合適租屋處。劣瓜老師應道：「您一定覺得很困擾吧。」沉思片刻後又對我說：「這條後街有一戶姓萩野的人家，家中只有一對老夫婦。他們曾對我說，家裡的房子一直空著也是浪費，如果有正經人想住，他們願意出租，還請我幫忙介紹。不知道他們現在是否還願意出租，我們一道去問問看吧。」他親切地帶我前往。

從那天晚上起，我就此成了萩野家的房客。而令人吃驚的是，我才剛搬離烏賊銀的房子，隔天馬屁精便若無其事地入住，占據我先前住的房間。此事令我目瞪口呆。也許這世上全是騙子，爾虞我詐——眞是受夠了。

世道既爲如此，我偏不想就此認輸，然而不跟世人一樣，那可沒辦法過活。

若不向小偷揩油水，自己就顧不了三餐——要是眞走到這等地步，便該仔細想想是否還有必要活著。話雖如此，我這一身強健的體魄，若就這麼上吊自盡，不僅對不起列祖列宗，也有損名聲。現在回頭想想，比起進物理學校就讀、學習數學這種派不上用場的技藝，當初不如以那六百圓當資本開一家鮮奶店還比較好。這麼一來，阿清就能留在我身邊，而我也不必在此遙想阿清，爲她牽腸掛肚。之前一起同住時從沒想過，但來到這鄉下地方後，才覺得阿清眞是個好人。像她這麼好性情的女人，打著燈籠找遍全日本也找不出幾個。之前我啓程前來時，她恰感染風寒，現在不知好些了沒。收到我早前寄去的信，她一定很開心吧。不過，都這些時日了，她也該回信了……我老惦記著這些事，就這樣過了兩三天。

因爲掛念此事，我不時問房東太太有沒有東京寄來的信，每次她都一臉同情的表情回答沒有。這對房東夫婦與烏賊銀不同，他們是武士之後，兩人都氣質高尚。老爺入夜後，常會怪腔怪調地哼唱謠曲，教人吃不消，但至少不像烏賊銀那樣，擅自闖進我房裡說要泡茶喝，所以我輕鬆多了。房東太太不時會到我房間裡找我閒聊，問我爲什麼不帶妻子一起來。我看起來像是有家室的人嗎？我回答她：「眞是可憐，別看我這樣，我今年才二十四歲呢。」她劈頭應道：「您二十四歲了，娶妻是理所當然的事呀。」還提到哪家的誰二十歲就娶了老婆，哪家的誰二十二歲就生了兩個孩子，一連舉了五、六個例子反駁我的說法，說得我瞠目結舌。於是我模仿當地的方言對她說道：「那麼，俺也趁二十四歲趕緊討媳婦吧，妳可以幫俺物色對象嗎？」結果老太太相當正經地反問我：「此事當真？」

「當然是眞的，其實我也很想娶老婆呢。」

「說得也是。年輕的時候，每個人都是這樣。」她這句話說進我心坎裡，令我一時無言以對。

「可是老師您八成已有家室，這我早就看出來了。」

「咦，眞是好眼力。妳是怎麼看出來的？」

「還問呢。您不是天天望眼欲穿，老問我有沒有您的信嗎？」

「這太教我吃驚了，眞是好眼力。」

「我說中了吧？」

「沒錯，也許妳說中了。」

「不過，現在的女人可不比以往，絲毫大意不得，勸您最好還是多加留神。」

「留神什麼？我太太在東京會有情夫是嗎？」

「不，尊夫人肯定是規規矩矩……」

「那我就放心了。那麼，妳是要我注意什麼呢？」

「尊夫人規矩，尊夫人肯定守規矩得很，只不過……」

「其他人的太太不規矩是嗎？」

「像這附近就有不少人不太規矩。老師，遠山家的小姐您知道嗎？」

「不，我不知道。」

「您還不知道啊，她在這一帶可是首屈一指的大美人呢。就是因爲長得標致，學校的老師們都管她叫什麼『瑪丹娜』。您可能沒聽說過。」

「嗯，瑪丹娜是吧，我還以爲是藝妓的花名呢。」

「不，瑪丹娜是外國人的名字，應當是指『美女』的意思。」

「或許吧。我太驚訝了。」

「應該是美術老師取的名字。」

「是馬屁精取的名字？」

「不，是吉川老師取的。」

「那位瑪丹娜不太規矩是嗎？」

「那位瑪丹娜小姐是位不太規矩的瑪丹娜。」

「眞傷腦筋。有綽號的女人向來都不太正經，也許眞是如此。」

「您說得一點都沒錯，像什麼『鬼神阿松』啦，『妲妃阿百』㉓啦，都是可怕的女人。」

「瑪丹娜也算是這一類的女人嗎？」

「那位瑪丹娜小姐啊，原本說好要嫁給介紹您來這兒住的那位古賀老師呢。」

「咦，眞不敢相信。沒想到劣瓜這般豔福不淺，眞是人不可貌相，我得多加小心才行。」

「不過，去年古賀老師的父親過世……他們原本是有錢人，還擁有銀行股票，生活一切順遂，但自從他父親過世後，不知爲何，家中經濟急轉直下。古賀先生做人太好，遭人欺騙。於是女人也一再推拖，婚事屢屢延期，這時突然冒出那位教務主任，說非要娶那位小姐不可。」

「紅襯衫是嗎？這傢伙眞過分，我老早覺得他這個紅襯衫不是號普通人物。然後呢？」

「他託人去說媒，但因爲遠山家對古賀先生有一份道義，所以無法馬上給予答覆……應該是回答說要再仔細考慮看看吧。後來紅襯衫先生透過管道，得以在遠山家出入，最後終於成功贏得遠山小姐的芳心。紅襯衫先生是有不對，可遠山小姐也好不到哪裡去，大家都在背後批評他們。之前明明已答應說要嫁給古賀先生，現在來了一位學士先生就馬上見風轉舵，這樣實在愧對老天爺啊。」

「確實有愧。別說老天爺了，對菩薩、佛祖也一樣愧對啊。」

「古賀先生的朋友堀田先生同情他的遭遇，跑去向教務主任仗義直言，結果紅襯衫先生說『我沒有要搶人未婚妻的意思，如果他們解除婚約，我或許就會娶遠山小姐，但目前我只是與遠山家保持一般的往來，與遠山家往來，應無什麼對不起古賀先生的地方吧』，聽他這麼說，堀田先生也無可奈何。大家都說，從那之後，紅襯衫先生與堀田先生之間鬧得很僵。」

「妳可知道眞多事。爲什麼妳知道得這樣清楚？眞教人佩服啊。」

㉓阿松是歌舞伎「新板越白波」等戲裡的女賊。妲妃阿百則是歌舞伎「善惡兩面兒手柏」等戲裡的女賊。

「這種小地方，不管是什麼芝麻小事都會知道。」

知道太多也是種困擾呢。照這樣來看，我吃天婦羅麵和丸子的事，興許她也都知道。眞是個麻煩的地方。不過，託她的福，我才能知曉「瑪丹娜」的意思，也從中明白山嵐與紅襯衫之間的關係，長了不少見識。偏偏傷腦筋的是，我仍舊不知道誰才是壞蛋。像我這麼單純的人，要是不讓我清楚明白孰黑孰白，便不曉得自己該站在哪一邊。

「紅襯衫和山嵐，到底誰才是好人？」

「您說的山嵐是誰？」

「山嵐就是堀田啊。」

「就強悍來說的話，是堀田先生看起來較強悍，但紅襯衫先生是學士，能力較強。就溫柔來說，也是紅襯衫先生比較溫柔，不過，學生們對堀田先生的評價高些。」

「簡單來說，到底誰比較好呢？」

「簡單來說，薪水高的人較了不起。」

這樣再問下去也問不出個名堂，我決定作罷。接著又過了兩三天，我從學校返家時，老太太笑咪咪對我說：「讓您久等了，終於來了。」她遞給我一封信要我慢慢看，然後就離去。我拿起來一看，是阿清寄來的信。信封上貼了兩三張紙條，仔細一看，是從山城屋轉到烏賊銀那裡，再從烏賊銀那裡傳來萩野家，而且在山城屋就逗留了一週之久。因爲山城屋是旅館，所以連信也跟著就這麼住下了。打開一看，寫了長長一封信——

收到少爺的來信後，本想馬上回信，不巧因感染風寒，在床上躺了一週之久，所以回信遲了，尚祈見諒。再說我不像時下年輕姑娘那樣讀寫無礙，儘管字跡拙劣，光是書寫也花了不少工夫。本想請姪兒代筆，可我心想，難得寫信給少爺，若不親自執筆，實在愧對少爺，所以特地先擬好草稿，然後重新謄寫。謄寫花了兩天才完成，草稿則是花了四天。也許不易看懂，但畢竟是我拚著這把老骨頭所寫成，請您耐心看完。

開頭如此寫著，拉拉雜雜寫了足足有四尺（約一．二公尺）那麼長，確實不容易看懂。不僅字醜，而且大部分都寫平假名，很難分辨哪裡停頓、哪裡開頭，光是替她標上標點符號就費了好大一番工夫。我這人性子急，像這種很難看懂的長篇書信，就算有人出五圓請我念，我也不幹的，這時候卻是聚精會神地從頭到尾讀完。讀是讀完了，然光讀就費了我九牛二虎之力，沒能搞清楚信中的意思，遂又重再讀過一遍。房裡略嫌昏暗，比之前更不易閱讀，我索性坐在外廊邊細看。這時，初秋的涼風吹動芭蕉葉，也吹向我的肌膚，離去時將我看到一半的書信揚起，往庭院方向飄動，那張長四尺多的信紙吹得嘩啦作響，只要我一放手，它可能就往前方的樹籬飛去。我沒心思理會此事。

少爺是一根腸子通到底的個性，不過您脾氣火爆，我很擔心。——像您隨便給人取綽號，這樣有可能會招人怨恨，不可隨意胡來。要是真取了綽號，那就寫信讓我知道即可，別向他人提起。——聽說鄉下人心眼壞，請您要多加留神，別吃虧。——那裡氣候一定也不如東京平順，睡覺時切莫受寒感冒。少爺的來信簡短，不清楚您在那邊的情況，下次來信，請至少有這封信的一半長度。——給旅館五圓的小費固然無妨，但接下來不會手頭緊嗎？來到鄉下，唯一可依靠的就只有錢了，請盡量節儉，以備不時之需。——手頭沒有零花，或許會感到諸多不便，在此爲您匯上十圓。——前些日子少爺給我的五十圓，我想，日後等少爺回東京買房時多少可以貼補，因此已事先代爲存放郵局，扣除這十圓後還剩四十圓，您大可放心。

嗯，女人果然細心。

我坐在外廊邊，讓阿清的書信隨風飄盪，陷入沉思，這時萩野婆婆打開拉門，送來了晚餐。

「您還在看信啊。好長的一封信呢。」

「是啊，因爲是很重要的一封信，我邊看邊讓風吹。」我莫名其妙地答道，開始用餐。

仔細一看，今晚吃的是煮地瓜。這對房東夫婦待客比烏賊銀客氣、親切，而且舉止高尚，唯美中不足的是伙食難以下嚥。昨天吃地瓜，前天吃地瓜，今晚又是地瓜。我曾清楚說過我喜歡地瓜，但是像這樣接連著吃，恐怕會沒命。我還笑劣瓜呢，我自己再過不久，恐怕也會變成劣地瓜老師嘍。倘有阿清在，像這種時候她會準備我最愛的鮪魚生魚片或是醬燒魚板給我吃，這對老夫婦畢竟是小氣的貧窮武士，這也是沒辦法的事。我左思右想，以後還是得和阿清一起住才行。如果會在這所學校久待，那乾脆叫阿清從東京過來同住算了。不能吃天婦羅麵，不能吃丸子，只能整天待在租屋處吃地瓜，吃得面黃飢瘦，這樣的教育者也太辛苦了。就連禪宗的和尚也吃得比我好吧。

吃完一盤地瓜後，我從桌裡抽屜取出兩顆生雞蛋，朝碗邊敲破蛋殼，這才勉強撐過一餐。要是不靠生雞蛋補充營養，一星期二十一小時的課怎麼挺得住呢！

今天爲看阿清的信，耽擱了泡湯的時間。然而，每天的例行公事要是有一天沒做，便覺得渾身不對勁。我打算搭火車前往，就此拎著紅毛巾來到了車站，結果火車兩三分鐘前剛發車，得再等上一陣子。我坐在長椅上，抽著「敷島」牌香菸，這時劣瓜剛好走來。

由於之前聽聞那件事，我對劣瓜益發同情。平時他就已像是個屈居於天地間之人，此刻看起來尤顯卑微，教人覺得可憐，而今晚他給人的感覺，又豈只是可憐。如果可以，我多想讓他調薪一倍，明天就和遠山家的小姐結婚，到東京玩上一個月。於是我精神抖擻地與他寒暄道：「嗨，去泡湯是嗎？來，這邊坐吧！」不主動讓位給他。劣瓜一副愧不敢受的模樣，直說：「不，您不必這麼費心。」不知道是客氣還是怎麼，他仍是站著。我因而又向他勸說道：「還得再等上一陣子，等久了會累，您就坐吧。」其實我對他充滿同情，一直很想請他坐下。最後他終於聽勸了，說了一句：「那我就不客氣了。」

世上就是有馬屁精這種狂妄的傢伙，不需要他出現的地方，他偏偏會跑來湊熱鬧。也有像山嵐這樣，頂在他肩上的臉蛋就像在說：「日本要是少了我，肯定會有大麻煩。」對了，也有像紅襯衫那樣，自以爲是個抹著髮油的美男子。還有狸貓，他那唯我獨尊的模樣，就像在說：「教育若是個有生命的人，穿上禮服後，就會變成我。」——每個人都妄自尊大，唯獨劣瓜老師，明明存在，卻若有似無，溫馴得有如一具被拿來當人質的人偶，我從沒見過像他這樣的人。雖然他有張腫臉，但捨棄這麼正經的男人而選擇接受紅襯衫，可見瑪丹娜也不知道在想些什麼，是個不檢點的娘兒們。不管來再多個紅襯衫，也都不會比劣瓜這樣的丈夫來得強。

「你是不是身體哪裡不舒服呀，看起來好像很疲憊……」

「不，我沒有什麼毛病……」

「那就好。我們人要是不健康就完了。」

「您好像身體很健康呢。」

「是啊，我雖然長得瘦，卻很少生病。我最討厭生病了。」

劣瓜聽我這麼說，臉上泛起微笑。

這時，入口處傳來女人青春洋溢的笑聲，我不經意地回身而望，發現來了幾位特別的人物。一位膚色白皙、身材高眺，頂著西洋髮型的美女，與一位四十五、六歲的太太並肩站在售票窗口前。我這個人向來不懂得如何形容美女，所以不知該怎麼描述才好，但她無疑是位美女，感覺就像將一顆以香水暖過的水晶珠握在掌中一般。至於年紀較老的那位，則是身材嬌小。不過兩人長相相似，應該是母女。我心想：「啊，走過來了」，就此完全忘了身旁的劣瓜，望著年輕女子出神。這時，劣瓜突然從我身旁站起，緩緩走向那名女子，我嚇了一跳，心想著那該不會就是瑪丹娜吧。他們三人在售票處前寒暄了幾句。我離他們很遠，聽不到他們說了些什麼。

我望向車站內的時鐘，得知再五分鐘就要發車了。因爲沒人可以聊天，感覺等候的時間特別難捱，我心想「要是火車可以早點來就好了」，這時，又有一個人匆匆忙忙衝進車站內——是紅襯衫。他穿著一件輕薄的和服，腰間隨便繫著一條縐綢腰帶，並掛著他那條金鍊子。那條金鍊子是假貨，紅襯衫以爲沒人知道，故意戴著它炫耀，偏我一看便知。

紅襯衫趕到後，東張西望，彬彬有禮地朝站在售票處前交談的三人行禮，接著講了兩三句話後突然面向我，跟之前一樣躡步走來，說：「嗨，你也要去泡湯啊。我本以爲趕不上，一路走得好急，擔心死了，沒想到還有三、四分鐘的時間。那口鐘不知道準不準？」他取出自己的金錶，看了看後再說：「差了兩分鐘。」語畢逕自往我身旁坐下。他完全沒轉頭望向女子，就只是以手杖托著下巴，兩眼注視前方。那名老婦人不時會瞄紅襯衫幾眼，年輕女子則是一直望向一旁。她肯定就是瑪丹娜。

不久，傳來「嗚——」的汽笛聲，火車即將到站。等候的旅客爭先恐後地上車，紅襯衫第一個衝進上等車廂，是說就算坐上等車廂，也沒什麼好驕傲的。搭車坐到住田，上等車廂要五錢，而下等車廂只要三錢，區區兩錢的差價就有上下之分。像我也是不惜花大錢買上等車廂，看我手中的白色車票當能明白。不過鄉下人小氣，光是要多出這兩錢，他們便百般不願，所以大多坐下等車廂。繼紅襯衫之後，瑪丹娜和她母親也走進上等車廂。至於劣瓜，就像鉛字印刷一樣，每次皆固定坐下等車廂。他站在下等車廂的入口躊躇了片刻，看到我之後，便拿定主意，走進車廂內。這時我覺得頗過意不去，遂跟在他身後走進同一節車廂。以上等車廂的車票搭下等車廂，應該沒什麼不妥才是。

抵達溫泉後，我穿著浴衣從三樓往下來到浴池，又遇上了劣瓜。我這個人身處會議或什麼重要場合時，總會像喉嚨堵塞般說不出話來，平時倒是能言善道，所以在浴池裡試著與他談天說地。我總覺得他很可憐，像這種時候出言安慰對方，是東京人應盡的義務，偏偏劣瓜不能好好配合。不管我說什麼，他淨只是回答「是」、「不」，且似乎連說「是」和「不」都嫌懶，最後我只好就此打住，自行離去。

在浴池裡沒遇到紅襯衫。不過這裡的澡堂有許多間，就算搭同一班火車也不見得會泡同一個浴池，所以我並不覺得奇怪。走出澡堂外一看，月明如水。市街兩側種滿柳樹，柳枝渾圓的樹影落在道路中央，引我想散個步。我往北而行，來到這座市街的郊外，左邊有座大門，門的盡頭處是一座寺院，左右兩旁都是妓院。山門內竟然有妓院，當眞聞所未聞。我想入內一探究竟，但恐到時候又在會議裡被狸貓拿出來討論，故就此作罷，快步走過。有一間設有格子窗的平房，門上掛著黑色暖簾，這就是我之前吃丸子而惹來風波的地方。圓燈籠上掛著寫有麻糬紅豆湯、年糕湯的牌子，燈籠火光照亮靠近屋簷的一株柳樹樹幹。我極想大快朵頤一番，終是忍了下來，快步通過。

想吃丸子卻不能吃，實在很窩囊；但自己的未婚妻移情別戀，應該更窩囊才對。一想到劣瓜的事，別說丸子了，就算三天不吃不喝，也沒有我發牢騷的分。這世上就數人最不可靠了。見到瑪丹娜本人，好難想像她會做出這等冷漠無情的事來。不過，美人向來無情，而活像冬瓜泡水腫脹的古賀先生則是位心地善良的君子，由此可知世事難料，不可大意。本以爲個性淡泊的山嵐，聽說他竟然會煽動學生。他煽動完學生後，卻又逼校長處分學生。而那集萬般噁心於一身的紅襯衫，卻又出奇的親切，還暗中提醒我注意，結果自己竟然欺騙了瑪丹娜。明明騙了瑪丹娜，卻又說古賀如果沒主動取消婚約，他便不會與瑪丹娜結婚。烏賊銀才剛挑我毛病，把我趕出，馬屁精就馬上入住……不管怎麼想，都覺得人有夠不可靠咧。寫信告訴阿清這些事，她肯定大吃一驚，搞不好還會說，因爲這裡過了箱根，才會聚集這麼多魑魅魍魎。

我個性向來大而化之，所以凡事都不以爲苦，一路走到現在，但來到這裡也才一個月左右，便忽覺這世道詭譎難測。明明也沒遇上什麼大風大浪，卻覺得自己老了五、六歲。看來，早早做個了結返回東京，方是上策。我左思右想，不知不覺已走過石橋，來到野芹川的河堤。這裡雖號稱爲川，其實只是一條將近兩公尺寬的潺潺小溪，順著河堤而下，約莫走上一千兩百公尺即可來到相生村。村裡有一座觀音像。

我回頭望向溫泉町，獨見紅燈在月光下熠熠生輝。傳來鼓聲的地方八成是妓院。河深雖淺，但流速頗急，這水神經質似地波光閃動。我信步走在河堤上，走了約三百公尺後，前方出現一道人影。透過月光，可望見兩道人影，也許是泡完溫泉正準備返回村子的年輕人。他們沒哼歌，出奇地安靜。

我一步步往前走，步伐比他們快，那兩人的身影就此逐漸變大，一人似乎是女子。在來到將近二十公尺的距離時，男子聞見我的腳步聲，猛然轉頭。當時月光從我身後照下，我看到男子的模樣，覺得奇怪。那對男女又像原本那樣邁步而行。我腦中浮現一個念頭，急忙加快速度追向前，對方也沒特別在意，仍像一開始那樣緩步而行。現在連他們說話的聲音我也聽得一清二楚了。這河堤寬約六尺，頂多只能三人並肩而行。我輕鬆地從後頭追上他們，擦過男子的衣袖，往前多走兩步後，猛然轉身望向男子的臉。這次月光朝我正面照下，從我的小平頭到下巴，全都照得一清二楚。男子發出一聲驚呼，爾後倏地轉頭面向一旁，向女子催促道「我們回去吧」，就此往溫泉町方向折返。

紅襯衫打算就這樣厚著臉皮含混過去，還是膽小怯懦，不敢當我的面承認是他呢？看來，因爲地方小而傷腦筋的，並非只有我。

八

自從紅襯衫邀我去釣魚，回來後我便對山嵐充滿猜疑。當他以莫須有的事證要我搬離住處時，我益發覺得此人很不像話，但在會議時，他卻出乎我意料之外，滔滔不絕地提出該嚴懲學生的看法，令我大感納悶不解。後來我聽萩野婆婆說山嵐曾爲劣瓜去找紅襯衫理論時，對他大爲感佩，拍手叫好。照這樣看來，恐怕眞正的壞蛋不是山嵐，是紅襯衫心術不正，把他自己小人之心的推測說得煞有其事，且還拐著彎對我灌輸此事。

正當我懷疑此事眞假時，恰巧在野芹川河堤上撞見他帶著瑪丹娜散步，從那之後我便相當肯定紅襯衫是個老奸巨猾之徒。雖不清楚他是否眞的老奸巨猾，但總之不會是好東西，是個表裡不一的傢伙。人可不像竹子那樣正直可靠，正直的人啊，就算和他吵架，心裡還是一樣舒坦。而像紅襯衫這種外表溫柔、親切、高尙，老愛炫耀自己那根琥珀菸管的人，才是大意不得呀，再說也不容易和他吵起來。就算眞和他吵架，也不會像回向院的相撲㉔那樣，痛快地大打一場。

相較之下，爲了一錢五厘而讓休息室所有人大吃一驚的山嵐，顯得有人味多了。會議時，他骨碌碌轉動他那雙牛鈴似的大眼瞪視著我，那時候覺得這傢伙眞可惡，唯事後細想，這到底比紅襯衫那陰陽怪氣的柔聲細語要強得多。其實在會議結束後，我很想和山嵐和好，試著找他搭話，但他根本不搭理我，還張大眼睛瞪我，我看了也爲之光火，此事就這麼擱下。

從那之後，山嵐沒再和我說話。我還他的那「一錢五厘」至今仍擺在桌上，上頭積滿了灰。我當然不會拿回來，山嵐同樣也不帶走。一錢五厘化爲橫亙我們兩人之間的高牆，就算我想找他說話也沒辦法，山嵐始終不肯理我。這一錢五厘在我和山嵐之間作祟。最後，每次到學校一看到那一錢五厘，心裡就覺得難受。

山嵐與我絕交，紅襯衫卻仍舊與我保持之前的關係，繼續和我往來。在野芹川上偶遇的隔天，來到學校後，他第一個來到我身旁對我說：「你的新住處如何？下次再一起去釣『俄國文學』吧。」如此一再與我攀談。我對他有點惱火，因而故意對他說：「昨晚我們遇了兩次面呢。」他回答道：「是啊，在火車站。你總是那個時間去搭車是嗎？時間也太晚了吧。」

「在野芹川的河堤上也遇見你一次。」我故意問他這麼一句。豈知他竟然回答：「不，我沒去那裡。泡完湯後，我馬上就回家了。」——沒必要這樣刻意隱瞞吧，眞的就遇見了，他這是睜眼說瞎話。如果這樣的人當得了中學的教務主任，那我都可以當大學校長了。從那時候起，我越來越不信任紅襯衫。

和不信任的紅襯衫說話，和欽佩的山嵐卻不講話，這世界還眞奇妙！

後來某天紅襯衫對我說：「我有件事想告訴你，你到我家來一趟。」

雖然覺得惋惜，我還是取消泡溫泉的固定行程，在下午四點時前往他家。紅襯衫一個人住，因爲貴爲教務主任，所以老早搬離原本租屋處，改住進這棟有著

㉔回向院自江户時代起，便會在寺內舉辦相撲。

氣派玄關的房子。聽說房租是九圓五十錢。看到這樣的玄關，我心想，到這種鄉下地方，只要付九圓五十錢就能住這種大宅，那我乾脆也擺個闊，把阿清從東京叫來同住，她絕對歡喜得很。我喚了聲：「有人在嗎？」紅襯衫的弟弟前來應門。他弟弟在學校裡，由我教導代數和算術，成績非常不理想，加上又是外地人，品行比土生土長的鄉下人還要糟糕。

見到紅襯衫之後，我問他有何要事，只見他用那把琥珀菸斗抽著味道難聞的香菸，徐徐說道：「自從你來了後，學生們的成績提升許多，表現比前任老師還好喔，校長很高興得到一位好老師。校方對你相當信賴，希望你今後能繼續這樣努力下去。」

「哦，這樣啊。說到努力，我可沒辦法比現在更努力了。」

「像現在這樣就夠了。不過，之前我跟你說過的事，也請你別忘了。」

「你是指……幫我介紹住處那個人很危險那件事嗎？」

「你講得這麼白，可就沒意思了……算了，反正你明白我的意思就行了。只要你像現在這樣努力教學，學校方面也都看得到你投注的心血，日後只要有合適的機會，應該會提高你的待遇。」

「哦，薪水是吧？薪水高低無所謂，不過，要是能調薪的話也不錯。」

「幸好這次有人要調任，當然了，若不跟校長商談此事，我也沒法向你保證，不過，或許能在薪水上通融一下。所以我正打算找校長談談，請他給你個方便。」

「那就先謝謝你了。話說，到底是誰要調任啊？」

「就快對外宣布了，所以告訴你也無妨——是古賀。」

「古賀先生不是本地人嗎？」

「雖然他是本地人，但因爲某些因素……當中有一半是出自他個人意願。」

「他要調去哪裡？」

「日向的延岡，位置偏鄉下了點，不過薪水可調高一級。」

「會有接替者來嗎？」

「接替者大致已決定。因爲這次人事接替，才會在你的待遇上給些方便。」

「哦，那好。不過，就算沒能夠調薪也無妨。」

「總之，我打算找校長談這件事。校長似乎也是同樣的看法，但或許會要求你更加賣力工作，還望你今後要做好這樣的心理準備。」

「工作時數會增加是嗎？」

「不，也許工作時數會減少也說不定。」

「時數減少，卻又更賣力工作，還真奇怪呢。」

「乍聽之下是有點奇怪，不過詳情我現在不好明說，總之，我這番話的意思是，今後或許會請你肩負重大的責任。」

我聽得一頭霧水。說到比現在更重大的責任，指的應該是數學主任職務，但主任是山嵐，我看他並沒有辭職的意思，而且他在學生之間頗富人望，不論是將他調職還是免職，對學校來說皆非明智之舉。紅襯衫說話向來都不清不楚。儘管說得不清不楚，好歹事情已交代完畢。接著我們閒聊了一會兒，談到要替劣瓜辦歡送會的事、問我會不會喝酒，以及劣瓜是位君子、令人敬愛之類的，紅襯衫敞開話匣子聊。最後話鋒一轉，他問我會不會作俳句，我心想，肯定有什麼麻煩事，於是馬上回了一句「我不會作俳句，告辭了」，就此匆匆返家。俳句是松尾芭蕉或理髮店老闆才會寫的東西，我一名數學老師也跟著哼什麼「牽牛花藤纏水桶」㉕，那還像話嗎？

回家後，我細細思量。世上就是有這種人，不知腦袋裡在想些什麼……有那樣的大宅院就不用說了，工作的學校也沒甚不好，偏偏卻嫌棄自己故鄉，要到陌生的異鄉去吃苦。若是繁華都市內電車行經之所，倒還能接受，但跑到日向延岡是爲哪椿？連船運便捷的這個地方，我都待不到一個月就想回老家了。說到延岡，那可是水遠山遙的窮鄉僻壤——聽紅襯衫說，搭船到那裡後，還得坐上一整天馬車到宮崎，再從宮崎坐一整天的車才到得了。光聽名字就不覺得是什麼文明地區，感覺像人和猴子雜居而處。就算是聖人般的劣瓜，也不會想和猴子作伴吧，當眞古怪至極。

這時剛好房東太太送晚飯來。我問她：「今天又是吃地瓜嗎？」她回答：「不，今天吃豆腐。」不論是地瓜還是豆腐，都大同小異。

「老奶奶，聽說古賀先生要去日向呢。」

「眞教人同情啊。」

「同情？如果是自己想去，那也沒辦法呀。」

㉕加賀千代女所寫的俳句，全句的意思是：牽牛花的藤蔓纏滿井裡汲水的水桶，不忍拆除藤蔓，只好轉為向鄰人要水。

「自己想去，您說誰啊？」

「還問呢，當然是他本人。不是古賀老師行事特異，自己想去嗎？」

「您這麼說，那可是大錯特錯，錯得離譜喔。」

「錯得離譜是吧。這可是紅襯衫說的呢，如果錯得離譜，那紅襯衫不就是信口胡謅嗎？」

「教務主任會那樣說，自有他的道理，而古賀先生不想去，也是有道理的。」

「這麼說來，不就兩邊都有理。老奶奶，妳眞公平啊。這到底是怎麼個回事？」

「今天早上古賀先生的母親來找我，告訴我箇中原因。」

「她說了什麼原因？」

「自從古賀先生的父親過世之後，他們家經濟便不若我們想像中那般豐裕，老爲此發愁，所以他母親才會去向校長請託，說他任教已滿四年，可否略微調高每個月的薪俸。」

「原來如此。」

「校長先生說會好好考慮。他母親遂安了這顆心，滿心以爲很快就會傳來調薪的消息，可能不是這個月，便是下個月，一直引領期盼著。正在這時，校長把古賀找去，對他說：『眞是不好意思，由於學校經費不足，無法替你加薪。不過延岡有個空缺，如果你到那裡，每個月可以多五圓薪水，正好符合你的需求。我猜你也會滿意，所以已幫你辦妥手續，你就放心去吧。』」

「這樣根本不是商量，是命令。」

「沒錯。比起調任外地加薪，古賀先生更想維持原樣，留在這裡。他向校長懇求，說他在這裡有房子，家中還有老母，但校長告訴他，這件人事案決定後，已有接替他的人選，無法更改。」

「哼，簡直是在耍人嘛，太沒意思了。這麼說來，古賀先生根本不想去，對吧。難怪我總覺得不對勁。就算調高五圓的薪水，也沒有哪個呆頭鵝會自己想到那種深山裡陪猴子作伴。」

「您說『呆頭鵝』是什麼意思？」

「是什麼意思不重要。——這完全是紅襯衫的陰謀。卑鄙的手段，簡直就是偷襲！還說什麼要給我加薪，給我方便。就算他說要替我加薪，我也不稀罕。」

「老師您的月薪會調高是嗎？」

「是他說要幫我加薪，我想拒絕。」

「爲什麼要拒絕呢？」

「這是一定要拒絕的。老奶奶，紅襯衫是個渾蛋，卑鄙小人！」

「雖然卑鄙，但他既然要爲您加薪，您還是乖乖接受比較好。年輕人很容易生氣動怒，不過等上了年紀後回想就會後悔，認爲當初要是能忍一時之氣就好了。因一時衝動而悔不當初，是人之常情，所以您應該聽奶奶的勸，要是紅襯衫說要替您加薪，您就向他道聲謝，接受他的安排吧。」

「老年人用不著這麼愛管閒事。不管我會加薪還是減薪，那也都是我的薪水。」

老奶奶就此退下，沒再多說。老爺爺還是以他那悠哉的歌喉唱著謠曲。謠曲這種玩意兒，即是把念出來就會懂的文句，加上艱澀的曲調，故意搞得很難懂的一種技藝。每天晚上都唱不膩的老爺爺，眞不知道在想些什麼。我哪有心情聽他唱謠曲啊。紅襯衫說要替我加薪，我雖然不太想，但有多餘的錢閒置亦嫌可惜，所以也就答應了，然這竟是將不想調職的人強行逼走，再從他的薪水中揩油，如此不合情理的事眞虧他們做得出來呢。當事人明明說他想維持原樣，卻硬把他貶往延岡，這到底是安什麼心？就連太宰權帥也只是流落到博多附近，河合又五郎好歹也在相良落腳㉖。總之，若不到紅襯衫家當面拒絕他，我實在嚥不下這口氣。

我穿上小倉裙褲外出，站在紅襯衫家的玄關前叫門，又是他弟弟前來應門。他一見到我便露出「你又來了」的眼神。只要有事，就算來它個兩三趟也不是問題，即使是半夜，我也可能敲門把你們叫醒。他該不會誤以爲我是來拍教務主任馬屁吧？我是來告訴他，我不需要那份月薪，前來奉還。他弟弟告訴我紅襯衫現有訪客，於是我說：「在玄關見面就行了，我想和他見個面。」弟弟聽了後，返回屋內。我望向腳下，有一雙二齒斜木屐，上頭附有薄薄的草襯墊。裡頭傳來一句「眞是受夠他了」，我發現這位訪客就是馬屁精。若不是馬屁精，不會發出這種尖叫聲，況且也沒人會跟他一樣穿這種活像藝人穿的木屐。

隔了一會兒，紅襯衫手持油燈來到玄關，對我說：「來，快請進，裡頭不是

㉖太宰權帥是古代設置於九州的太宰府次官，此職務大多由遭貶謫的官員擔任，而此處讓人聯想到由右大臣貶為權帥的菅原道真。河合又五郎原為岡山藩士，殺死同僚渡邊數馬的弟弟後逃亡，淨瑠璃戲曲「伊賀越道中雙六」中提及，他曾流落到九州相良落腳。

外人，是吉川。」我回答他：「不，在這裡就行了。我說幾句話就走。」我看紅襯衫臉紅得像金太郎㉗，應該是跟馬屁精喝了幾杯。

「之前你說要幫我加薪，我現在改變心意了，特地來回絕你。」

紅襯衫將油燈伸向前，從屋內注視著我，一時之間無言以對，一臉茫然。可能是覺得這世上竟然會冒出一個拒絕加薪的傢伙，令他感到納悶，或者是心想，就算要拒絕，也大可不必才剛回去就又跑來，對此感到詫異，也可能兩種想法皆有，才會這樣目瞪口呆地站著。

「當時我之所以答應，是因爲你說那是古賀自願調職……」

「古賀眞的是自願調職。」

「才不是呢，他其實想留在這兒。就算薪水維持不變也無妨，他只想留在家鄉。」

「你是聽古賀說的嗎？」

「我不是聽他本人親口說的。」

「不然是聽誰說的。」

「我住處的房東太太聽古賀先生的母親這麼說，今天轉述給我聽。」

「這麼說來，是房東太太說的嘍。」

「沒錯。」

「恕我直言，情況並不是這樣。若照你所言，你寧可相信房東太太所述，卻不相信我這位教務主任說的話，我是不是可以這樣解釋呢？」

我一時不知該如何是好。文學士果然不是省油的燈，抓住一些奇怪的問題點，緊咬著不放。我爹以前常數落我魯莽、沒用，現在看來，我確實稍嫌魯莽。先前一聽老奶奶那麼說，我爲之一驚，馬上便飛奔而來，根本沒找劣瓜或劣瓜的母親詢問詳情。所以現在文學士使出這一記回擊，令我有點難以招架。

縱然無法正面招架，我心裡畢竟已對紅襯衫充滿不信任。房東太太確實是既小氣又貪婪，但不是個會說謊的女人，不像紅襯衫這樣表裡不一。不得已，我只好回應：「你說的也許是事實，不過還是老話一句，我不想加薪。」

「你這樣說可就奇怪了。你專程前來，聽起來好像是因爲你不能接受加薪的

㉗日本知名的童話人物，原型是坂田金時，特色為紅臉。

事，並且找出了不接受的原因，但方才在我的說明下，這個原因已被否定，你卻還是拒絕加薪，這實在令人費解。」

「也許眞的很令人費解。總之，我還是要拒絕此事。」

「你果眞那麼排斥的話，我自然也不會勉強你，不過，在這短短兩三個小時裡，也沒什麼特別的理由，態度卻有如此大的轉變，這會令你個人的信用大打折扣。」

「會打折扣也無所謂。」

「話可不是這麼說喔。我們做人最重要的就是信用。我退一步說好了，就算你房東……」

「不是房東，是房東太太。」

「是誰都行。就算房東太太對你說的話屬實，你的加薪也不是從古賀的所得中扣除得來的吧。古賀前往延岡，有人會來替代他。替代者的薪水比古賀低一些，餘出的部分就轉入你的月薪中，所以你不必對任何人感到過意不去。古賀在延岡的地位比現在還高，而新來的替代者也是按照約定，以較低的薪水雇用。因此，倘要替你加薪，眼下的情況是最恰當不過了。你如果不願意就算了，不過，你要不要回去再仔細想想呢？」

我腦袋不好，因而每次只要對手花言巧語幾句，我就會暗忖：「哦，是這樣嗎？那是我誤會了。」然後心生愧疚，就此退下。今晚我偏不能這麼做。

打從我一開始來到這裡，就看紅襯衫不順眼。之前也曾改變想法，覺得他很親切，只是舉止像娘兒們，但那根本不是親切，在這種反作用的影響下，我現在對他更加厭惡。不管他剛才說得如何合情合理，再怎麼天花亂墜，想用教務主任那套冠冕堂皇的說辭令我啞口無言，我也不吃這套。能言善道的人不見得是好人，而被說得啞口無言的人也不見得是壞人。外表看起來，紅襯衫講得頗有道理，但任憑你外表看起來再氣派，也無法讓人打從心底崇拜你。如果光憑金錢、權勢、道理就能收買人心，那麼放高利貸的以及警察、大學教授肯定最討人喜歡。區區一個教務主任在我面前說理，豈能打動我的心？人是依個人的好惡而行動，不是憑說理而行動。

「你說得一點都沒錯，但我就是討厭加薪，所以拒絕你的安排。想再久也是一樣的結果。再見。」撂下這句話後，我就走出大門。銀河高掛在我頭頂的夜空上。

九

爲劣瓜舉行歡送會的那天早上，我一到學校，山嵐突然向我說了一大串道歉的話。

「之前烏賊銀跑來跟我說你行爲粗魯，令他很傷腦筋，要我請你搬走，我才接受了他的請託，叫你搬走。事後我詢問後得知，那傢伙是個壞蛋，常在假書畫上蓋假印章，以此向人兜售。關於你的事想必也是他信口胡謅。他想向你兜售掛軸、古董，賺你的錢，但你始終沒搭理他，他無利可圖，故才捏造那樣的謊言來矇騙。我不曉得他的爲人，對你十分抱歉，請你原諒。」

我什麼也沒說，拿起放在山嵐桌上的一錢五厘，放進自己錢包裡。山嵐不解地問：「你要把錢收回嗎？」我解釋道：「嗯，我原本不喜歡讓你請客，想還你這筆錢，可後來想想，還是讓你請較好，所以就收回了。」

山嵐朗聲大笑，向我問道：「既然這樣，你爲何不早點拿回去呢？」

「其實我一直很想拿回來，但又覺得怪，所以便一直這樣擱著。最近每次到學校來，看到那一錢五厘就覺得難受。」

「你這個人還眞是不認輸呢。」

「你也很固執啊。」

接著我們兩人就此一問一答了起來。

「你到底是哪裡人？」

「我是東京人。」

「嗯，原來是東京人，難怪這麼不服輸。」

「那你是哪裡人？」

「我是會津人。」

「會津人啊，難道這麼固執。今天的歡送會你會去嗎？」

「會啊，你呢？」

「我當然會去。古賀先生啓程時，我還想一路送他到海邊呢。」

「歡送會很有意思喔，你也去看看吧。今天我打算痛快地喝它幾杯。」

「你盡情地喝吧。我吃完菜後就回去，喝酒的傢伙都是笨蛋。」

「你這個人眞愛挑釁呢，充分展現出東京人輕佻的個性。」

「隨你說吧，在歡送會之前先來我的住處一趟，我有話要跟你說。」

山嵐依約來到我的住處。之前我每次看到劣瓜都挺同情他，今天就是歡送會的日子了，我益發對他感到憐憫，如果可以，我甚至很想代替他前去。我想在歡送會會場上好好演說一番，熱鬧地爲他送行，但憑我說的這口東京腔，實在上不了檯面，所以我打算請山嵐出馬好挫挫紅襯衫的銳氣，這才特地把山嵐找來。

一開始我先從瑪丹娜的事說起，山嵐當然比我更清楚瑪丹娜的事。我談到野芹川河堤上發生的事，罵紅襯衫是笨蛋，結果山嵐說：「你不管對誰都叫笨蛋，今天在學校裡，你不也說我是笨蛋嗎？如果我是笨蛋，那紅襯衫就不是笨蛋。我才不是紅襯衫的同類呢。」於是我說：「紅襯衫是個窩囊的呆瓜。」山嵐贊同道：「或許吧。」山嵐是很強悍，只是在罵人的字眼上，就沒有我知道的多了。會津人可能全都像他這樣吧。

接著我告訴他，紅襯衫說要替我加薪，日後還要重用我。山嵐聽了之後哼了一聲，說：「這麼說來，他是打算將我免職。」

「就算他打算將你免職好了，你自己想免職嗎？」

「誰想啊！如果我免職的話，也要讓紅襯衫陪我一塊免職。」山嵐傲氣十足地道。

我又追問：「要怎樣讓他和你一起免職？」山嵐回答：「這我還沒細想。」山嵐強悍有餘，但似乎沒什麼智慧。我告訴他我拒絕加薪的事，他開心地直誇我「不愧是東京人，有志氣」。

我問他：「既然劣瓜那麼排斥，爲何我們不替他搞一個留任運動呢？」

山嵐說：「我從劣瓜那裡聽聞此事時，一切都已定案。我曾經找過校長兩回，找過紅襯衫一次，試著和他們談判，但完全沒用。」他一臉遺憾地再說道：「不過話說回來，古賀就是人太好了，才這麼教人傷腦筋。當初紅襯衫跟他提這件事情時，他要是能悍然拒絕，或是回一句『我考慮看看』來應付過去，就沒事了。但他卻被紅襯衫的花言巧語給騙了，當場同意，所以事後他母親前往苦苦哀求，我親自前往談判，也派不上用場。」

我說：「這次的事件，完全是紅襯衫想將劣瓜調走，好將瑪丹娜占爲己有所想出的詭計！」山嵐聽了，捲起衣袖露出肌肉結實的胳臂道：「這是當然。那傢伙看起來和善，但淨幹壞事，不管別人怎麼說，他早已備好退路，以逸待勞，眞是個老狐狸。對付這種人，就得用鐵拳制裁才管用。」我順便向他問道：「你這手臂可眞壯，練過柔術嗎？」山嵐鼓起胳臂上的肌肉，要我抓抓看，我以指尖揉了幾下，完全不爲所動，就像澡堂裡的浮石般。

我大爲佩服，向他問道：「有你這麼壯碩的手臂，就算有五、六個紅襯衫，也會被你一次打飛吧。」山嵐回道：「那當然！」他手臂一會兒弓起，一會兒伸直，一團肌肉在皮膚底下轉動，當眞有意思。

聽山嵐說，用兩條紙繩搓成一條，纏在他胳臂的肌肉上，一弓起手臂，繩子便應聲繃斷。我對他說：「如果是紙繩，我也辦得到。」山嵐回道：「你哪行呀！如果可以，那你試試啊。」

要是眞的弄不斷，傳出去可不好聽，所以還是別試的好。

我半開玩笑地向山嵐開玩笑道：「如何？今晚歡送會喝完酒後，要不要把紅襯衫和馬屁精抓來揍一頓啊？」

「這個嘛……」山嵐沉思了一會兒，最後說：「今晚還是算了吧。」

「爲什麼？」

「因爲今晚這麼做的話，對古賀過意不去。而且，既然要揍，就得看準他們做壞事的時候，當場揍他們一頓，否則倒是我們錯了。」山嵐補上這麼一句，聽起來合情合理。看來，山嵐想事情比我周詳。

「那你就致辭演說，好好誇古賀一番吧，要是我來說，就會不自主講成東京腔，變得不夠穩重，那可不好。而且我這個人一遇到正經的場合，就會胃裡直冒胃酸，一顆大丸子直湧上喉頭，連話都說不好，所以這機會乾脆讓給你吧。」我如此說完後，山嵐問道：「眞是古怪的毛病。這麼說來，你站在眾人面前沒辦法說話，一定很困擾吧。」我回答他：「沒什麼，也沒那麼困擾啦。」

說著說著，時間已到，我和山嵐就此一同前往會場。會場名叫「花晨亭」，是當地首屈一指的料理店，我還不曾去過。聽說是買下前家老㉘的宅邸，保留原樣直接當料理店，無怪乎外觀看起來威儀十足。家老的宅邸成了料理店，就像將披在盔甲外的短外罩修改成一般棉襖一樣。

我們兩個抵達時，眾人幾乎都已到齊，在五十張榻榻米大的包廂裡，已分聚成兩三個小團體。因爲有五十張榻榻米大，壁龕無比寬敞。我之前在山城屋住過十五張榻榻米大的房間，裡頭的壁龕和這裡完全沒得比。拿尺一量，將近有四公

㉘江戶時代，協助藩主治理藩政的重臣。

尺寬。右邊擺著一只紅色圖案的瀨戶物花瓶，裡頭插著一根大松枝。我不懂插松枝有何含意，不過就算插上數月也不必擔心它會凋謝，可以省荷包，那也不錯。我問博物老師那只瀨戶物花瓶出自哪裡，他說那不是瀨戶物，而是伊萬里㉙。我再問：「伊萬里不也是瀨戶物嗎？」博物老師就只嘿嘿輕笑。事後詢問才得知，是因爲在瀨戶製造，所以稱之爲「瀨戶物」。我是東京人，以爲陶瓷器通稱「瀨戶物」。

壁龕正中央掛著一幅大掛軸，寫著二十八個和我的臉一樣大的字㉚——這些字難看至極。因爲實在難看得不像話，所以我問漢學老師，爲何會堂而皇之地掛上這麼難看的書法字，老師告訴我，那是一位名叫「海屋」㉛的知名書法家所寫的字。管他是海屋還是什麼的，我到現在還是覺得他那手字難登大雅之堂。

不久，書記川村叫眾人就座，我坐向一處有柱子可倚靠的好位子。狸貓穿著短外罩搭裙褲，坐在位子上，左邊坐著紅襯衫，跟他同樣的裝扮。右邊坐的則是今天的主角劣瓜老師，他同樣身穿傳統日本服。我穿的是西服，跪坐頗不舒服，所以很快便改爲盤腿而坐。我隔壁的體育老師穿著黑色長褲，規規矩矩地跪坐著。他是體育老師，果然有練過。

旋即開始上菜，桌上擺出酒瓶。幹事站起身，先來了段會前致辭。接著狸貓起立，紅襯衫起立。他們都獻上送別致辭，這三人就像事先說好似的，吹捧劣瓜是位好老師、是個好人，對這次他要調任的事深感遺憾，不光是學校，他們個人也萬般不捨，但因爲古賀老師個人因素，深切希望調任，所以也只能徒嘆奈何。他們召開歡送會，撒這種漫天大謊，毫不知羞。尤其是紅襯衫，在這三人當中最爲誇讚劣瓜；甚至還說失去這位好友，是他最大的不幸，說得煞有其事。他那溫柔語調此時尤發揮得淋漓盡致，初次聽聞他致辭的人，肯定都會被他所矇騙。瑪丹娜大概也是被他這種招術騙到手。紅襯衫在送別致辭時，坐對面的山嵐望向我，朝我使了個眼色。我以食指將下眼皮往下拉，扮了個鬼臉回應。

等不及紅襯衫就座，山嵐已霍然起身，我心裡樂極了，忍不住拍起手來。這時，狸貓他們不約而同地望向我，令我有點尷尬。山嵐一開口就說：「方才校長

㉙「瀨户物」為愛知縣瀨户地區生產的陶瓷器，在東京等地泛指一般的陶瓷器。「伊萬里」為伊萬里燒簡稱，為佐賀縣有田地區生產的瓷器總稱，主要指有田燒。

㉚此處出現的字為七言絕句的漢詩。

㉛江户後期的書法家貫名「海屋」，同時也是一位儒者。

及教務主任都對古賀老師的調任深感遺憾，可我不太認同，我反而希望古賀老師能早點離開此地。儘管延岡位置偏遠，與此地相比，物質生活上也諸多不便，不過聽說當地民風淳樸，教職員和學生們至今仍保有往昔的樸質風氣。我相信那裡沒有只會說恭維話、以和善面容來陷害君子，且打扮入時的傢伙，像你這樣溫良敦厚的人，定會深受當地民眾的歡迎。我等誠心祝福古賀老師此次調任順利。在你赴任延岡後，能在當地挑選一位君子好逑的淑女，早日建立美滿家庭，讓那位毫無貞操可言的輕佻女子羞慚而死。」接著他咳了兩聲，就此坐下。我這次也想爲他鼓掌，但不希望大家又將目光投注在我身上，只好作罷。

山嵐坐下後，這次換劣瓜老師起身。他客氣地從自己座位走向包廂的末座，恭敬地向眾人問候完畢後，開口道：「此次因爲小弟個人因素調任九州，承蒙各位老師爲小弟舉辦如此盛大的歡送會，誠然銘感五內，尤其聆聽剛才校長、教務主任以及其他老師們的送別致辭，小弟不勝感激，永誌難忘。今後我雖就此遠行，唯請諸位仍像以往一樣繼續關照。」接著深深一鞠躬，返回座位。劣瓜的好脾氣，實在是好到深不可測的地步。校長和教務主任都把他給瞧扁了，他卻仍恭敬地向他們致謝。如果那只是客套的回應，還另當別論，可從他的模樣、用語、神情來看竟像是由衷感謝。受他這樣的聖人一本正經地道謝，應該會心生歉疚，滿臉羞紅才是，而狸貓和紅襯衫就只是專注聆聽。

問候結束後，到處傳來喝湯的聲音。我也學他們喝了口湯，覺得難以下嚥。第一道菜裡頭有魚板，看起來一團黑，活像是烤砸了的黑輪。桌上還有生魚片，但切成厚厚一塊，就像是直接生啃鮪魚似的。看著身旁的同事們大口嚼著生魚片，吃得津津有味——他們應該都沒吃過正統的東京料理吧。

不久，溫酒開始頻頻在酒席間傳遞，四周頓時變得熱鬧喧騰。馬屁精畢恭畢敬來到校長跟前敬酒，真是個討厭的傢伙啊。

劣瓜依序向眾人敬酒，似乎打算敬完一輪，真是辛苦他了。他來到我面前，理了理裙褲的皺褶，向我說：「一起喝一杯吧。」於是我穿著長褲，很不自在地跪坐，敬了他一杯酒。我對他說：「我大老遠來到這裡，卻這麼快就要與你道別，覺得很遺憾。你什麼時候啓程？到時候我送你到海邊吧。」劣瓜回答：「不，您工作繁忙，不勞您大駕。」可不管劣瓜怎麼說，我都打算請假去替他送行。

過了約一個小時後，酒席間已是杯盤狼藉。「來，再喝一杯，咦，我叫你喝耶……」有一兩個人已開始語無倫次。我略感無聊，遂便起身前往廁所，正當我藉著星光望向那古意盎然的庭院時，山嵐走來。他得意洋洋地問我：「如何，我剛才的演說可精采？」我向他抗議道：「我很贊成你說的，唯有一點不太認同。」山嵐反問：「哪一點你不認同？」

「你剛才說……『延岡那裡沒有以和善面容來陷害君子，且打扮入時的傢伙』，對吧？」

「嗯。」

「光說『打扮入時的傢伙』，這樣勁道不夠。」

「不然該怎麼說？」

「應該說，『打扮入時的傢伙、騙子、詐欺犯、僞君子、黑心商人、鼠輩、捕快的爪牙、叫聲和狗一樣的傢伙』。」

「我沒那麼會罵人哩，你可眞夠伶牙俐齒。你懂的辭彙那樣多，偏偏不會演說，眞是奇怪。」

「這也沒什麼，我覺得日後和人吵架時可以派上用場，爲了小心起見，才事先學會這些字彙。演說時完全用不到。」

「這樣啊，不過你剛才說得好流暢，完全沒打結呢。再說一遍來聽。」

「要我說幾遍都行。『打扮入時的傢伙、騙子』……」我正說到一半，外廊上傳來急促的腳步聲，有兩個人步伐踉蹌地從外廊上跑來。

「你們兩位也太不像話了……竟然開溜……只要有我在，絕不讓你們跑掉。來，快喝！……騙子？……有意思，當眞有意思。來，喝吧！」

他們拉著我和山嵐回去。其實他們兩人也是來上廁所，因爲喝醉，一時忘了上廁所，改拉我們回酒席。醉鬼只會忙著處理眼前看到的，往往忘卻之前的事。

「各位，我把騙子拉回來了。來，一起灌他們酒，把這兩個騙子灌醉。你可別想逃喔。」

我又沒有要逃的意思，卻被他緊按在牆上。我環視席間眾人，發現眾人盤子上的菜餚已所剩無幾。有人吃光自己的份，還一路遠征至十公尺遠，吃起別人的菜餚。校長不知什麼時候已經回家，不見蹤影。

此時有三、四名藝妓走進，向眾人問道：「包廂是這裡嗎？」我也有點吃驚，但因人被按在牆上，只能盯著她們瞧。這時候，原本倚著壁龕柱子，像在炫耀似地叼著琥珀色菸斗的紅襯衫，突然站起身走出包廂。其中一名走進的藝妓與他擦身而過時，朝他嫣然一笑，打了聲招呼。藝妓當中就數她最年輕貌美。因爲離我有段距離，聽不清楚，不過好像是問候晚安之類的話語。紅襯衫置若罔聞地走出包廂外，沒再露面，大概是跟校長一樣回家去了。

藝妓加入之後，包廂內頓時歡騰不少，就像眾人一起高聲歡迎藝妓的到來般，喧鬧不已。有人玩起猜棋子的遊戲㉜，那大聲吆喝的情況，活像是在練習居合拔刀術㉝。這邊則是在划拳，他們「嘿」、「哈」的大聲吆喝，雙手用力揮動著，模樣比D'ARC人偶劇團㉞的人偶還誇張。而對面的角落裡，有人晃著酒瓶喊道「喂，倒酒的」，接著又改口道「拿酒來，拿酒來」。現場喧鬧不休，令人蹙眉。當中無事可做、始終低頭沉思的，就只有劣瓜一人。爲他舉辦這場歡送會，其實並不是爲他調任的事感到惋惜，大家純是爲了飲酒作樂。只有他一個人無事可做，悶得發慌，如果是這種歡送會，那還不如別辦的好。

半晌過後，開始有人以破鑼嗓子哼起歌來。一名來到我面前的藝妓，手裡捧著三弦琴說：「你唱首曲子來聽吧。」我回她一句：「我不唱，要唱妳唱！」於是她分兩口氣唱道：「敲鑼打鼓，叫喚著迷路的三太郎喲㉟，咚咚咚鏘鏘。如果敲鑼打鼓就尋得著，我也有敲鑼打鼓想找尋的人呀。」藝妓唱完後直喊累。既然唱得這麼累，那改唱輕鬆的曲子不就得了嗎？

這時，馬屁精他神不知鬼不覺地坐在我身旁，以說書人的口吻道：「小鈴甫遇見自己朝思暮想的人，對方旋即離去，教人看了不忍。」藝妓冷淡回了一句：「不懂你在說什麼。」馬屁精不以爲意，仍自顧自以噁心的聲音模仿義太夫節㊱唱道：「難得的偶遇，無奈……」

「別再唱了。」那名藝妓朝馬屁精的膝蓋拍了一下，馬屁精喜不自勝地笑著。這名藝妓正是剛才向紅襯衫問候的女子。不過被藝妓拍了一下，就笑得那麼開心，這馬屁精也太樂天了。馬屁精說：「小鈴，我要跳一段紀伊國舞㊲，妳幫

㉜手中握住一把圍棋棋子，讓人猜其數量的遊戲。
㉝日本劍術中一種瞬間拔刀傷敵的劍術。
㉞明治年間多次到日本演出的英國人偶劇團。
㉟在找尋迷路的孩子時，人們會齊聲叫喚著「迷路的三太郎喲」，三太郎則泛指迷路的孩子。
㊱淨瑠璃節的流派之一。
㊲端唄的曲名，是江戶時期於酒席間常跳的舞蹈。

我伴奏吧。」這傢伙甚至還想跳舞呢。

對面的漢學老爺爺，正歪著他那缺牙的嘴唱著：「此事我可沒聽說，傳兵衛先生㊳，你與我之間……」一路唱到這裡倒還平順，但接著他問藝妓「接著怎麼唱」，老爺爺向來記性不好。

一名藝妓黏著博物老師道：「我最近作了這麼一首歌，彈給你聽吧。你聽好嘍——『花月卷㊴、繫白緞帶的新潮髮型、坐的是腳踏車，拉的是小提琴，說的是半調子英語，I am glad to see you』。」博物老師說：「果然挺有意思，還夾雜英語呢。」狀似甚為感佩。

山嵐朗聲叫喚著「藝妓、藝妓」，說他要來一段劍舞，讓藝妓們彈三弦琴。由於他的聲音無比粗魯，藝妓們嚇了一跳，忘了回答。山嵐毫不顧忌地拿來一把枴杖，來到包廂中央展現他的壓箱絕活，獨自吟唱著「踏破千山萬岳煙」㊵。這時馬屁精已跳完紀伊國舞，也跳過活惚舞，並唱完「層架上的達磨」㊶，全身脫得只剩一條兜襠布，腋下夾著一把棕櫚掃帚，口中唱著「日清談判破裂……」㊷，就此在包廂裡邁步起來，狀似發瘋一般。

我從剛才起，看劣瓜一直端坐原地，連裙褲也沒脫，一副很難受的模樣，便對他深感同情。雖然這是他的歡送會，但總沒必要穿著這身正式的禮服，忍受別人穿著兜襠布在他面前跳裸舞吧，於是我來到他身旁，向他勸說：「古賀先生，我們回去吧。」結果劣瓜回答：「今天這場歡送會是爲我而設，我如果先回去，有失禮數。請您先回去吧，不必顧慮我。」話中沒有要離去的意思。

見他沒有意願，我極力勸道：「沒什麼好顧忌的。如果是歡送會，就該有歡送會的樣子，但你看眼前這副光景，根本是瘋狂會。我們走吧。」

正準備走出包廂時，馬屁精揮著掃帚走來道：「哎呀，主角竟然先走，太過分了。這是日清談判，不給走！」說完橫持著掃帚，擋住去路。我從方才就已十分惱火，於是大喊一聲：「如果這是日清談判，那你就是清國奴！」猛然一拳打

㊳淨瑠璃「近頃河原達引」中的一節。
㊴西式的髮型之一。據說是在明治二〇年代，由東京新橋一家「花月」料理店的女老闆所創。
㊵齊藤一德的詩〈題兒島高德書櫻樹圖〉中的第一句。
㊶當時流行的一首小曲。
㊷明治中期流行的欣舞節當中，有一首便是以此為開頭。

向馬屁精的腦袋。馬屁精愣住兩三秒後，這才接著道：「哎呀，太過分了。動手打人眞不應該。竟然打我吉川，實在太教我驚訝啦——這樣更應該展開日清談判。」吐出了一些莫名其妙的話。

這時我身後的山嵐見這邊發生騷動，就此停止舞杖，快步跑來，一見是這樣的情形，馬上一把掐住馬屁精的後頸，將他往後拉。「日清……痛、痛、痛！這也太粗暴了吧。」馬屁精正要掙扎時，猛然被山嵐往旁邊一扭，跌向地面。後來怎樣我就不得而知了。

途中我和劣瓜道別，回到家時已過了十一點。

十

今天學校爲慶祝日俄戰爭獲勝，放假一天。聽說練兵場會舉行典禮，狸貓勢得率領學生們前往共襄盛會。我也以職員的身分一同前往。

來到市街後，發現滿是太陽旗旗海，令人爲之目眩。全校學生達八百人之多，於是體育老師編排隊伍，每組隊伍之間保持間距，每組安排一兩位職員在旁監督。這樣的安排頗爲巧妙，執行後卻問題叢生。

這些學生們都是小鬼，而且個個狂妄，若不破壞規定，他們便覺得有損做學生的顏面，所以不管派幾名職員在一旁隨行都無濟於事。明明沒下令，他們卻自行高唱軍歌，叫他們別唱軍歌，就莫名其妙地齊聲大叫，簡直像一群浪人在逛大街。當他們沒唱軍歌、沒齊聲哄鬧時，則是「嘰嘰喳喳」聊天。就算沒聊天也能行走，偏偏日本人在出生時都是嘴巴先來到人世，不管再怎麼叨念，他們也不會乖乖聽話。甚至他們不只是單純聊天，還會說老師壞話，委實惡劣。我之前因値班事件而逼學生們謝罪認錯，本以爲那場風波就此平息，根本大錯特錯。借用房東太太說的話，根本錯得離譜。學生們並非眞心誠意道歉，只因爲校長下令，形式上磕頭道歉而已。就像商人老向人低頭鞠躬，做的卻淨是奸詐狡獪的勾當一樣，學生們也如此，他們只是向我低頭謝罪，沒打算從此不再惡作劇。仔細想想，或許這世界全都是由類似這些學生的人所構成。應該說，面對別人的道歉認錯，若眞心接受，並原諒對方，那才眞是憨直的傻蛋呢。道歉，是虛假的道歉，原諒，也是虛假的原諒，只要這麼想準沒錯。如果眞要對方道歉，就得狠狠教訓一頓，直到對方深感後悔爲止。

我走進學生的組別中，不斷聽到他們提到天婦羅麵、丸子什麼的，而且是你一言我一語，無從分辨究竟出自何人之口。就算我查出是誰說的，他們也一定會說自己沒提到天婦羅麵或丸子的事，是老師自己神經衰弱、有偏見，才會聽成那樣。他們這種卑劣的本性，是從封建時代便已養成的當地民情，不管再怎麼曉以大義、再怎麼諄諄教誨，也無法導正。若在這樣個地方待上一年，恐怕連我此種品行高潔的人也會隨這群同流合污。他們用這款推得一乾二淨的手段，想讓我難堪，要我不當一回事，那未免太沒道理了。他們是人生父母養的，我當然也是。不管他們是學生還是孩子，個頭都比我大，若不還以顏色，給他們一些懲罰，實在不合情理。

然而，我要是採用一般的手法來回敬，他們八成又會反過來指責我的不是。倘若指責他們不對，他們必然早已想好退路，會滔滔不絕地辯解；先辯解一番，把自己講得清清白白，然後再反過來指責我的不是。話說回來，我這是還以顏色，所以若不能舉出對方的不是，便無法替自己辯護。換言之，對方先對我出手，讓世人看作是我主動挑釁，這於我十分不利。要是因爲這樣，就任憑他們爲所欲為，自己什麼也不做，徒會助長他們的氣焰，說得嚴重一點，這絕非社會之福。不得已，我也只好「以其人之道還治其人之身」，唯這麼一來，我這東京人就跟著墮落了。儘管如此，哪可任憑他們整我一年，我畢竟也是人，管他會墮落或怎樣，若不給點顏色瞧瞧，根本沒完沒了。還是早日回東京和阿清一起同住比較好啊，住在這種鄉下地方，只會讓人墮落沉淪。就算是回東京當報僮，也比待在這裡墮落來得強。

我如此暗忖，百般不願地跟著往前走，這時，前面的人突然喧鬧起來，隊伍同時就此停住。我感到納悶，往右離開隊伍望向前方，發現在大手町盡頭轉向藥師町的轉角處，隊伍塞在那兒，時而往前推，時而往後退，似乎有衝突。體育老師聲嘶力竭地喊著「安靜！安靜！」從前方走來，我問他發生了何事，他說是本校的中學生在轉角處與師範學校學生起了衝突。

聽說不論在那個縣，中學生與師範學校的學生素來火水不容。雖不清楚出於什麼緣由，但兩者風氣大相逕庭，動不動就打架——應該是住在這種小小的鄉下地方，窮極無聊，以此打發時間吧。我向來喜歡打架，所以一聽有衝突，馬上匆匆跑去看熱鬧。只聽前面的學生頻頻咆哮道：「搞什麼啊，你們這群花地方稅的傢伙㊸，還不快退下！」後方一直有人朗聲喊著：「往前擠、往前擠。」我從前面擋路的學生當中穿過，即將來到轉角處時，傳來「齊步走！」的厲聲喝令，接著師範學校的學生開始嚴肅地往前挺進。剛才爭先搶道的衝突，肯定已協調完畢，換言之，中學生採取讓步。據說就資格來講，師範學校畢竟還是略高一等。

慶祝勝利的儀式非常簡單。旅團長上臺致辭，知事上臺致辭，列隊者高喊萬歲，最後結束。聽說下午才會舉辦餘興節目，於是我先回住處，寫信給之前就老掛念著的阿清。她要求我這次要寫得詳盡一點，所以我得盡可能認真地寫。真的拿起信紙後，儘管腦中有許多事想寫，卻不知從何下筆。寫那個好了，但太麻煩，寫這個好了，偏又沒什麼意思。有沒有什麼可以輕鬆描述、不太費力，又可以讓阿清覺得有趣的事好寫呢？我左思右想，怎樣也想不出符合要求的事。我磨墨、潤筆、盯著信紙——盯著信紙、潤筆、磨墨——同樣的動作一再反覆後，就此死了心，合上硯蓋，明白自己終究寫不了信。寫信真是件麻煩事，不若直接前往東京，見面聊天方便多了。我知道阿清替我擔心，可是要寫出符合阿清要求的信，實在比斷食三週還難受。

暫將毛筆和信紙拋向一旁，倒頭躺下，以肘當枕，望向庭院，我還是很擔心阿清。當時我心想，我千里迢迢來到這裡，只要心裡牽掛著阿清，她一定也能感受到我的眞心。只要感受得到，根本毋須寫信。我沒寫信，她應該會猜想我過得一切平順吧。寫信這檔子事，只要在死亡、生病，或是有事發生時再寫就行了。

這庭院是十坪大的平坦庭院，沒什麼特別的樹木，僅有一棵長得頗高的橘子樹，高出圍牆許多，可供人當作路標。我每次回到住處，總會望著這棵橘子樹。一個從未離開過東京的人，見到結果的橘子樹，覺得特別稀罕。那綠色的果實應將會逐漸成熟轉黃，到時候肯定很漂亮。當中有一半橘子已經變色。我問房東太太，她說那是汁多香甜的橘子，還說：「等成熟後，您可以多吃點。」——到時候我定要每天吃它幾顆。再等三週，應該就能吃了。在這三週的時間裡，我應不會離開這裡才對。

正當我滿腦子想著橘子時，剛好山嵐前來找我。他說：「今天慶祝勝利，我想和你一起吃大餐，所以買來了牛肉。」就此從衣袖裡取出一個竹葉包，往房間中央一拋。我住這裡，天天淨吃地瓜和豆腐，連上蕎麥麵店和丸子店都被禁止，

㊸師範學校的營運乃靠地方稅的補助，故當時有人以此來嘲諷師範學校的學生。

現在看到牛肉，馬上回道「太感激了」，連忙向房東太太借來鍋子和砂糖，著手烹煮。

山嵐大口嚼著牛肉，向我問道：「你知道紅襯衫有相好的藝妓嗎？」

我回答他：「當然知道，就是之前劣瓜歡送會時前來的一名藝妓對吧。」

他聽了後誇讚道：「沒錯，我直到最近才發現這件事，沒想到你這麼敏銳。——那傢伙開口閉口就是品行、精神娛樂，背地裡卻和藝妓勾搭，真是荒唐！如果他能寬宏看待別人的玩樂，那就算了，但連你上蕎麥麵店和丸子店，他也說這會對管束學生有所阻礙，透過校長出面來警告你。」

「嗯，以那傢伙的想法來看，可能買藝妓玩樂是精神娛樂，而吃天婦羅麵和丸子則屬物質娛樂吧。既然那是精神娛樂，那大可光明正大地做。瞧他那什麼鬼樣子。見自己相好的藝妓走進，馬上離席逃之夭夭，他到底是想瞞騙世人到什麼程度，真教人看不下去。當有人攻擊他時，便推說不知，還扯什麼俄國文學，說俳句與新體詩像兄弟，想把人搞迷糊。像他那樣的窩囊廢根本不是個男人，我看他是大奧的侍女投胎——也許他爹還是湯島的男寵呢。」

「『湯島的男寵』是什麼？」

「就是沒半點男子氣概的人。你的牛肉還沒煮熟喔，這種肉吃了，小心體內長條蟲。」

「是麼，應該不會有事吧。聽說紅襯衫常暗中到溫泉町的角屋去與那名藝妓幽會。」

「你說的『角屋』，是那家旅館嗎？」

「是一家旅館兼料理店。所以要鬥倒他的最好辦法，就是看準機會，在他帶藝妓到那裡幽會時，當面斥責他一番。」

「你說看準機會，意思是要晚上監視嗎？」

「嗯，角屋前不是有一家名叫『枡屋』的旅館麼，租下那家旅館面向大路的二樓房間，朝紙門上戳個洞，監視他。」

「我們監視時，他會來嗎？」

「應該會。反正光一晚是遇不到的，得要有連續監視兩週的打算。」

「那很累人呢。當初我爹快過世時，我一整個星期都熬夜照顧他，後來腦袋迷迷糊糊的，元氣大傷。」

「一點點身體上的疲憊不打緊啦。要是繼續放任那樣的奸人猖狂下去，不是全日本之福，所以我要替天行道！」
「有意思。既然決定要這麼做，那也算我一份。今晚開始展開監視嗎？」
「我還沒和枡屋的人談好這件事，今晚不行。」
「那麼，你打算從哪時候開始？」
「最近就會執行。我早晚會通知你的，到時候你得助我一臂之力喔。」
「沒問題，我隨時都會幫你。要我出計謀不行，但說到打架，我可是箇中高手喔。」

我與山嵐頻頻討論對付紅襯衫的計策，這時房東太太前來告道：「外頭來了一名學生，說想見堀田老師。方才他去了老師府上，老師不在，他猜應該是在這裡，便找上這兒來了。」她跪在門檻處，等候山嵐回覆。山嵐回了一句「這樣啊」，就此走向玄關，但很快又返回對我說：「學生邀我一起去看慶祝勝利的餘興節目。他說有許多人專程從高知來到這裡表演某種舞蹈，絕對要去參觀，是很難得一見的舞蹈。你也一塊來吧。」山嵐顯得興致盎然，一再邀我同行。如果是舞蹈，我在東京看得多了。每年八幡神社慶典時，舞蹈花車在市街上繞行，所以不管是汐酌㊹還是什麼舞蹈，我都如數家珍。土佐㊺的那種土氣舞蹈，我根本不屑一顧，偏拗不過山嵐的邀約，只好跟他一起出門前去參觀。還以爲前來邀山嵐的人是誰呢，原來是紅襯衫的弟弟。沒想到這個古怪的傢伙也會來。

走進會場後，就像回向院相撲或本門寺的日蓮宗法會般，到處插著長長的旗子，彷如把世界各國的國旗全借來了，每條繩子上都繫滿旗子，天空滿是旗海飄揚，好不熱鬧。東邊的角落設有一晚便搭成的舞臺，聽說就是在這裡表演所謂的高知舞蹈。舞臺右側約五十公尺遠處圍起了竹簾，並展示插花，眾人皆看得無比讚嘆，但實在好無聊。如果像那樣彎曲竹子和花草，會覺得有趣，那麼擁有駝背的情夫、跛腳的丈夫，不是也該引以爲傲麼！

舞臺的對面頻頻施放煙火，從煙火中冒出氣球，上頭寫著「帝國萬歲」。氣球飄然從天守閣旁的松樹上方飛過，落向軍營裡。接著聽到「砰」的一聲，一個黑色丸子宛如要射穿秋日晴空似的飛向高空，在我頭頂上方爆破，一陣青煙像傘架般張開，流入空中。氣球再次飛向高空，這次是寫著「陸海軍萬歲」，紅底白

㊹歌舞伎舞蹈的一種，取材自謠曲「松風」。
㊺昔日的「土佐藩」，即現在四國的高知縣。

字的氣球隨風飄盪，從溫泉町方向朝相生村飛去……應該會落向供奉觀音的寺院內吧。

之前舉行典禮時，人還沒這麼多，現在則可說是塡街塞巷。我大感吃驚，沒想到這鄉下地方也住了這麼多人。雖看不到幾張精明的臉孔，然從數量來看，確實不容小覷。不久，頗獲好評的高知舞蹈開始了。原本聽說是舞蹈，我還以為是藤間流㊻之類的舞蹈，但根本不是這麼回事。

只見一群頭上綁著威武的頭巾，下半身穿著束腳褲的大漢，在舞臺上約十人排成一列，共排了三列，這三十人腰間都插著離鞘的長刀，模樣驚人；前列與後列之間僅有一尺五寸的距離，左右的間隔更短。只有一人站在舞臺邊，沒在隊列中。這名脫隊的男子身上只穿一件裙褲，頭上沒綁額巾，腰間掛的是鼓，不是長刀，而那鼓與太神樂㊼用的大鼓一樣。不久，這名男子「呀」、「嘿」地發出悠哉的聲音，一邊敲著大鼓，一邊唱著古怪的謠曲。我從未聽過這種曲調，覺得很不可思議。只要把它想成是三河萬歲與普陀洛㊽的混合體就行了，差不了多少。

這首歌頗長，像夏天的水麥芽般拖拖拉拉，男子會以敲鼓來斷句，所以雖然拖得老長，卻帶有節拍。那三十名大漢配合著節拍，手中長刀寒光閃動，動作迅捷俐落，觀者看了皆替他們捏了把冷汗。不論是兩旁還是身後，在一尺五寸的距離內都站著活人，他們全都揮動著鋒利的長刀，若非動作協調一致，恐會自己人互砍而掛彩。如果身體不動，就只有長刀前後上下擺動，那倒還安全無虞，但這三十人有時會一起踏步轉向，有時還會往後轉向，或是屈膝蹲身。要是旁邊的人動作有一秒提前或延誤，也許自己的鼻子便會就此落地，隔壁人頭也可能被削掉。長刀的動作揮灑自在，不過其動作範圍局限在這一尺五寸寬的方柱內，而且得和前後左右的人同方向、同速度行動。這著實驚人，遠非汐酌或關戶㊾所能及。詢問後得知，此需要極熟練之身手，像他們這樣節奏搭配得宜，並非易事。而當中最困難者，聽說就數那位以萬歲曲打著鼓的老師了。三十人的步伐、手部動作、腰部扭動，全由這位打鼓者的節拍來決定。看在別人眼中，就數這位老兄

㊻日本舞蹈的流派之一，與歌舞伎頗有淵源。
㊼江户的雜耍技藝或獅子舞。
㊽「三河萬歲」是以愛知縣三河地區為根據地所做的表演。「普陀洛」是觀音出現的印度靈山，在頌讚佛法的詠歌中，有的會以「普陀洛」開頭。
㊾歌舞伎舞蹈「積戀雪關扉」的通稱。

最輕鬆，一派悠閒地「呀」、「嘿」唱著歌，其實他責任重大，最爲辛苦，說來還挺不可思議。

我與山嵐感到佩服不已，全神貫注地觀看眼前的舞蹈，這時，前方約五十公尺遠處，突然傳來「嘩」的哄鬧聲，之前一直靜靜欣賞表演的群眾突然湧起一陣騷動，開始往左右移動。當中傳來「打架了、打架了」的叫聲，緊接著紅襯衫的弟弟鑽過眾人衣袖底下跑來說：「老師，又打架了。中學生們要爲今天早上那件事討回公道，又開始和師範學校的人槓上了，請快點來！」接著又鑽進人潮裡，消失了蹤影。

山嵐說：「好一群麻煩的小鬼，又開始了是吧，怎麼就不懂得適可而止呢。」一面避開逃散的人潮，一面往前衝去。他應該是覺得自己不能袖手旁觀，想去平息紛爭。

我當然也不打算就此開溜，緊跟在山嵐身後趕到現場。學生們正大打出手。師範學校的學生約有五、六十人，我方的中學生人數則比他們多出約三成。師範學校學生身穿制服，中學生則大多在儀式後換上日本服，所以是敵是友一看便知。但他們胡亂地扭打在一起，難分難解，一時不知該如何下手拉開雙方。

山嵐一臉不知如何是好的神情，朝眼前混亂的情勢凝望了半晌，接著他望向我，對我說：「事情至此，也沒別的辦法了。要是巡警到來可就麻煩了。我們衝進裡頭將他們分開吧。」我沒回答，逕直衝進當中打得最凶的地方。

我扯開嗓門喊道：「快住手！你們這樣子胡來，有損學校的名聲，還不快住手！」本想就此衝破敵我雙方的分界線，但沒能成功。往內深入三、四公尺後，頓時陷入進退維谷的窘境，眼前一名個頭高大的師範生，正與十五、六歲的中學生扭打成一團。我喝斥道：「我叫你住手，還不快住手！」一把抓住師範生的肩膀，想強行將他們架開，偏這時不知道是誰，從底下扯我後腿。面對這突如其來的偷襲，我鬆開對方肩膀，跌倒在地。有人以硬鞋踩向我後背。我以雙手和膝蓋撐地，一躍而起，那名踩在我身上的傢伙整個人倒向右方。我站起身一看，在前方五公尺遠處，山嵐高大的身軀被學生包夾，正大喊著：「快住手，別再打了！」我試著對他喚道：「喂，沒用的！」但他可能聽不到，沒回答我。

一顆石頭破空而來，猛然擊中我的顴骨，接著後方有人以棍棒打我背部。「老師竟然也跑來這裡，打他！打他！」有人如此叫喚道。「有兩名老師，一高一矮。用石頭丟他們！」也有人如此咆吼。我猛然一掌襲向身旁的師範生腦袋，對他罵道：「鄉下土包子，別在那裡胡說八道！」

又有石頭飛來，這次從我的五分頭旁掠過，往後方飛去。看不到山嵐現在情況怎樣。走到這一步就沒辦法了。起初是來勸架，現在既挨揍又挨石頭，有哪個笨蛋會願意這樣乖乖退下？他們把本大爺當什麼啦？我雖然個子小，但可是在各種打架場子裡累積了許多實戰經驗的前輩。我胡亂賞他們巴掌，自己也被賞了好幾下，不久傳來「巡警來了，巡警來了，快逃啊」的叫喚聲。之前像在葛粉糊裡游泳似的無法動彈，現在突然行動自如了起來，敵我雙方全都一哄而散。這些鄉下土包子，別的沒有，逃跑的本事倒是一流，比庫羅帕特金㊿還會逃。

山嵐現在情況如何呢？我望向他，發現他身上那件印有家徽的短外罩已被撕得破破爛爛，正在擦拭鼻子。聽說是被打中鼻梁，大量出血，只見他鼻子紅腫，甚是難看。我穿的是一件碎花棉襖，儘管沾滿泥巴，情況仍不如山嵐的短外罩那般嚴重。但我兩頰現在火辣辣的，很是難受。山嵐告訴我：「你流了不少血呢。」

一共來了十五、六名巡警，由於學生們從反方向逃離，警方最後只逮到我和山嵐。我們報上姓名，說出整件事的始末後，警方叫我們還是去警局一趟，於是我們前往警局，在局長面前描述整個前因後果，交代完後返回住處。

十一

翌日我一覺醒來，全身疼痛不堪。因爲許久沒打架了，才會有這種反應。

我在床上心想，這樣我以後就沒辦法以此自豪了，這時房東太太帶來《四國新聞》，放在我枕邊。其實我現在連看報紙都嫌吃力，不過男子漢爲了這麼點小事就大喊吃不消，成何體統哩，於是我勉強趴在床上，翻開報紙的第二版，看了之後大吃一驚。

上頭刊出昨天打架的新聞。刊登打架的事，我不怎驚訝，但上頭寫著「**中學教師堀田，與近日甫從東京前來任教，個性狂妄的某老師，非但唆使個性恭順的學生們引發這場騷動，兩人還在現場指揮學生，恣意對師範生施暴**」，並加上如

㊿沙皇俄國的戰爭大臣。俄國在日俄戰爭中落敗，與他有很深的關係。

下的評論：「**本縣中學素以良善恭順的風氣令全國稱羨，但既然因爲這兩名行爲不檢之徒損及吾校之特權，讓全市皆爲之顏面無光，吾人自應奮起追究其責。深信在吾人著手處理此事之前，當局會對這兩名無賴施予嚴懲，讓他們再也無從踏入教育界。**」上頭每一個字都加上黑點，就像針灸一樣，當作是對我們的訓戒。我趴在床上痛罵一句「去吃屎吧你！」，霍然起身。說也神奇，之前全身關節疼痛不已，然一躍而起後就像全忘了似的，身輕如燕。

我將報紙揉成一團，拋向庭院，猶然怒氣未消，於是拿起報紙丟進茅坑裡。報紙這玩意兒，根本就睜眼說瞎話！說到這世上誰最會信口胡謅，答案非報紙莫屬。理應是我說的話，他們卻都自己寫在上頭。還有，他們說「**近日甫從東京前來任教，個性狂妄的某老師**」，這是什麼意思？天底下有人姓某嗎？你自己想想嘛。別看我這樣，我的姓可是大有來頭呢。如果想看我祖譜，我自「多田滿仲」以來的列祖列宗，都可以一一讓你們瞧個仔細。

洗完臉後，臉頰突然又痛了起來。我請房東太太借我鏡子一用，她問我看過早報了嗎？我回答：「看過了，丟進茅坑裡了，妳想要的話，自己去撿。」她嚇了一跳，就此退下。

對著鏡子照過後，發現和昨天一樣臉上掛著傷。儘管如此，這仍是我愛惜的臉蛋，如今我不但臉上掛彩，還被人稱作是「**個性狂妄的某老師**」，眞教人嚥不下這口氣。

要是被人說我是因爲受不了今天的報紙，才請假不去學校，那有損我的威名，所以我吃完飯後，第一個趕到學校。來到學校的人，一見到我的臉都笑了。有什麼好笑的！我這張臉又不是你們所賜的。

不久，馬屁精前來，對我說：「哎呀，你昨天可是立了大功呢……這是光榮的傷痕是吧。」興許是他惦記著要替之前我在歡送會時揍他的事報仇，刻意出言冷嘲，於是我回敬他一句：「別跟我廢話，去舔你的畫筆吧。」

「那可眞是不好意思啊。不過，想必很疼吧？」

「不管會不會疼，都是我的臉，用不著你關心！」我朝他大吼，坐向對面自己的位子上，但他還是不時看著我的臉，與隔壁歷史老師說悄悄話，暗自竊笑。

接著山嵐也來了。他的鼻子腫脹發紫，似乎只要用力一擠就會流出膿來。可能是他太高估自己了，比起我臉上的傷，他被打得更慘。我與山嵐的桌位排在一起，關係緊密，而且桌子就正對著門口，所以算我們倒楣。兩張古怪的臉孔湊在一起，其他人只要覺得無聊，準會望向我們。儘管他們表面上說「眞是飛來橫禍啊」，心裡八成在笑我們傻，否則才不會像那樣竊竊私語，呵呵偷笑。

到教室後，學生們鼓掌迎接我。當中甚至有兩三人高喊「老師萬歲」，分不清是我受歡迎，還是他們把我當傻瓜看呢。

就在我與山嵐成爲眾人矚目的焦點時，紅襯衫果一如往常地來到我身邊，對我說：「眞是飛來橫禍啊，我對你們深表同情。關於新聞報導，我與校長討論過了，已請他們加以更正，你不必擔心。因爲是舍弟前往邀堀田參加，才會發生這種事，我對此頗感歉疚。此事我會竭盡全力處理，請莫見怪。」如此講了一長串半帶謝罪的話語。

校長在第三節課時從校長室走出，對我說：「報紙上刊出了令人困擾的事呀，事情要是不會變得太複雜就好了。」講時還臉帶愁容。我當然一點都不擔心——如果他要將我革職，我會在革職前先遞上辭呈。不過，明明錯不在我，我若是自己請辭，會讓那只管信口胡謅的報紙氣焰更加張狂，所以逼報社更正，我自己也拚著這口氣繼續待下去，這樣才合理。本想回去時親自上報社談判，但既然學校說已辦理請報社更正的手續，那就算了。

我與山嵐看準校長和教務主任的空檔時間，大致說明整件事的實情。校長和教務主任也作出結論道：「我想也是。應該是報社與學校有過節，特地登出那樣的報導吧。」紅襯衫在休息室裡逐一走向每一位教職員解釋我們的行為，講得好像他弟弟邀山嵐前去看表演，全是他的錯似的。而眾人也都說：「這都是報社不對，豈有此理，兩位眞是飛來橫禍啊。」

返家時，山嵐向我提醒道：「紅襯衫行徑可疑，要是不小心提防，會中他的道。」我回答他：「他一直都很可疑，又不是今天才變得可疑。」山嵐接著道：「你還沒發現嗎？昨天那是他使的詭計，特地邀我們過去，將我們捲入那場打架風波。」——原來如此，我沒注意到這個層面。山嵐雖然模樣粗獷，但他遠比我有智慧多了，令我佩服。

「他先讓我們和人打架，然後對報社動用關係，要他們寫下那樣的報導。眞是個奸詐小人。」

「連報社都是紅襯衫的同夥嗎？這可太教我驚訝了。可是，報社對紅襯衫眞那麼言聽計從嗎？」

「怎麼不會？只要報社裡有他朋友在，那就好辦了。」

「他在報社裡有朋友？」

「就算沒有，也不是什麼難事。只要扯個謊，捏造事實，馬上有題材可寫。」

「太過分了。如果這眞是紅襯衫想出的詭計，我們兩人或許會因爲這起事件而遭革職。」

「萬一有個差池，也許就這麼被他鬥垮了。」

「既然這樣，我明天就遞辭呈回東京去。這種下等地方，就算拜託我留下，我也不幹。」

「就算你遞辭呈，紅襯衫也不痛不癢的。」

「說得也是。那該怎麼做才能給他一點顏色瞧瞧呢？」

「像他這種奸詐小人做事，都會十分小心提防，不讓人抓到任何把柄，所以要加以反駁並不容易。」

「眞麻煩。那我們不就得揹黑鍋了？太沒意思了。正道到底是站在哪一邊啊？」

「別急、別急，再觀察個兩三天吧。當眞情況危急的話，只好到溫泉町逮住他的小辮子了。」

「打架的事件就這麼擱著是嗎？」

「沒錯。我們得用自己的方法來抓住他的小辮子。」

「這樣也行。我向來不擅長思考策略，一切就靠你了。眞要動手時，我全力配合。」

我和山嵐就此道別。紅襯衫的所做所爲果像山嵐推測的那樣，那他可眞是壞到底了。比智慧，我完全不是他的對手，看來還是非得靠拳頭解決不可。難怪這世界總是戰爭不斷……就算是個人，最後亦仍得靠拳頭解決事情。

翌日，我一直引領期盼報紙送來，打開一看，非但沒更正，連撤回報導的文字也沒瞧見。我到學校向狸貓催促，他只說一句「明天應該就會刊出吧」。等到隔天，報上以六號字登出一則撤回報導的小啓事，不過報社方面當然沒做更正。我再次找校長談判，他回答我：「已經沒辦法再辦理申訴手續了。」校長空有張狸貓臉，穿著一身禮服，派頭十足，沒想到竟是這般無能——對這種撰寫不實報導的鄉下報社，竟連要他們道個歉也辦不到。我怒不可遏，說要自己去找報社主編談判，結果校長對我說：「萬萬不可，你要是前去談判，他們只會繼續寫你壞話。換句話說，凡事只要和報社扯上關係，不論是眞是假都無力改變。除了自己看開外，別無他法。」他像和尚說法般，向我曉以大義。如果報紙就是這樣，那還不如早日將它毀了，這樣才是全民之福。今天聽過狸貓的說明後，我這才明白，原來扯上了報社，就像是被鱉咬住不放一樣。

之後又過了三天，山嵐一臉憤慨地在下午跑來對我說：「時機已經成熟，我打算進行那項計畫。」我答說「是麼，那我幫你」，馬上與他結盟。

山嵐卻側著頭回了我一句：「這件事你還是別插手的好。」

「爲什麼？」

「校長可有找你去，要你遞辭呈？」

「沒有。那你呢？」

「今天在校長室，校長對我說，『你的事我很過意不去，但事出無奈，你自己決定進退吧。』」

「哪有這樣定奪的。我看是狸貓他那顆圓肚敲過頭，把胃都給敲到顛倒移位了。我和你一起去看慶祝勝利大會，一起欣賞高知的大刀舞，一起向學生勸架，不是嗎？如果要人遞辭呈，大可公平地叫我們兩人一起遞。這種鄉下學校怎會如此不講理呢！眞教人受不了。」

「是紅襯衫在背後操控。以我和紅襯衫過去的恩怨來看，我們兩人是勢不兩立的關係，不過你不一樣，他認爲像之前一樣留下你，並不會危害到他。」

「難道我和紅襯衫就能和平共處嗎？竟然覺得我不會危害到他，眞是狂妄。」

「因爲你太單純了，他認爲就算留下你，也多的是辦法可以唬弄你。」

「這樣更可惡。誰要跟他和平共處啊！」

「而且之前古賀調走後，接替者因爲事故而遲遲沒能到任。要是這時候再將我們兩人趕走，就會空出許多堂課來，影響學生上課。」

「這麼說來，他只是想拿我來墊檔嘍。混帳東西，誰會上他這種當啊！」

次日我到學校後，直接走進校長室展開談判。

「您爲什麼不叫我遞辭呈？」

「咦？」狸貓爲之一愣。

「您叫堀田遞辭呈，我卻不用，有這個道理嗎？」

「這是基於校方的考量……」

「這種考量有錯。如果我不必遞辭呈，那麼堀田也沒必要才對。」

「這件事不好說明……堀田辭職也是不得已的事，不過，我不認爲你有必要遞辭呈。」

不愧是狸貓，淨會打馬虎眼，而且從容不迫。我拿他沒辦法，只好回應道：「那麼，我也一起遞辭呈吧。您或許認爲讓堀田一個人辭職，我會若無其事地留下來，但這種不近人情的事，我做不出來。」

「這可教我爲難了。要是堀田和你都辭職的話，學校的數學課就得停擺了……」

「就算停擺，也不關我的事。」

「你不該說這麼任性的話。你若不稍微體諒一下學校的情況，我可難做人呢。況且你來這裡未滿一個月就辭職，對你的履歷會有影響，你應該三思。」

「我才不在乎什麼履歷呢，道義比履歷更重要。」

「你說得沒錯，講得很有道理，不過請你也諒解我說的話。如果你堅持辭職的話，我可以成全你，但希望在接替者到來前，你可以繼續任教。總之，請你回家再重新考慮看看。」

竟然叫我重新考慮，這麼清楚明白的道理，根本不需要再考慮，只是狸貓的臉色一陣青、一陣紅，看起來很可憐，我遂答應再考慮看看，暫時退下。我沒跟紅襯衫說到話。既然早晚都要收拾他，那就到時候再狠狠一次解決他吧。

我告訴山嵐我和狸貓談判的情形後，他說：「我猜也是這樣。在眞有什麼重大的事發生前，辭呈先擱著，倒也不會有什麼影響。」於是我便依言而行。山嵐向來比我精明，我決定一切都依他的建議行事。

山嵐最後終於遞出辭呈，與教職員一一告別後，他先搬往海濱的港屋，然後又悄悄折返，藏身在溫泉町枡屋面向大路的二樓房間裡，朝紙門上戳個小洞，往外窺望。知道這件事的只有我。紅襯衫一定是晚上才會偷偷前來，而且傍晚時分會被學生或其他人撞見，所以至少也得等到九點後才行動。

剛開始那兩晚，我一直守到晚上十一點，始終不見紅襯衫人影。第三天我從晚上九點緊盯到十點，還是落空。整晚做白工，然後三更半夜返回住處，再也沒有比這更蠢的事了。接連忙了四、五天後，連房東太太也開始替我擔心起來，她向我提出忠告：「您是有家室的人，最好還是別夜晚出遊。」

我這可不是那種「夜晚出遊」啊。我的夜晚出遊，是替天行道。話雖如此，連續監視了一週卻不見半點成效，感覺眞不是滋味。我天生是個急性子，一旦投入後可以徹夜不眠，但不管哪件事，我向來都做不久。就算扮天誅黨[51]再有趣，還是會膩。到了第六天，我已有點排斥，到了第七天，甚至想就這麼算了。山嵐倒是相當堅持，從入夜後直到十二點多，他眼睛都貼著紙門，緊盯角屋的圓形瓦斯燈底下。每次我一到，他便告訴我來了幾名客人、有幾個人留宿、有幾個女人，提出各種統計數字，令我為之瞠目。「他好像不會來呢。」每當我這樣說，山嵐便不時會盤起雙臂，語帶嘆息地道：「嗯，他應該會來才對。」真是可憐啊，要是紅襯衫一直不來的話，山嵐這輩子都無法替天行道了。

第八天，晚上七點一到我即離開住處，悠哉地泡完湯後，在市街裡買了八顆雞蛋。這是對付房東太太地瓜攻勢的因應之道。我左右衣袖裡各塞了四顆雞蛋，紅毛巾掛在肩上，雙手收在衣袖裡，登上枡屋的階梯。甫一打開山嵐房間的紙門，山嵐他那張宛如韋駄天般的臉突然滿是朝氣，直朝我說：「喂，這次有希望了，有希望了！」直到昨晚為止，他都顯得悶悶不樂，連在一旁看的我也覺得他看起來很陰沉，此刻見他展露歡顏，我跟著開心起來，還沒問清楚是怎麼回事，就直喊：「太好了，太好了！」

「今晚七點半左右，那名叫小鈴的藝妓走進角屋。」

「和紅襯衫一起嗎？」
「不是。」
「那不就又泡湯了！」
「藝妓向來都是兩人同行，這次看來相當有希望。」
「爲什麼？」
「還問呢。那傢伙爲人狡猾，可能會先叫那名藝妓自己先來，他再悄悄隨後跟來。」
「有可能。已經九點了吧？」
「現在九點十二分。」山嵐從腰帶裡取出鍍鎳手錶，看著上頭的時間說道：「喂，把燈熄了，紙門上映著兩顆腦袋會讓人起疑。那個老狐狸馬上就會察覺不對勁。」
我吹熄擺在一閑張㊾桌上的油燈。在星光照耀下，紙門微亮，而月娘仍未出

㊿這裡指的是文久三年（西元一八六三年），吉村寅太郎等人組成攘夷倒幕的「天誅組」襲擊幕府代官所的事。
㊾一種漆器。

現。我與山嵐把臉貼著紙門，屏氣斂息。九點半時，牆上掛鐘發出「噹」的一聲鐘響。

「喂，他會來吧？今晚要是再不來，我可受夠了。」

「只要我還有錢，就會一直等下去。」

「你有多少錢？」

「到目前為止，八天共付了五圓六十錢。我每晚結帳，以便隨時都能離開。」

「處理得眞周到。旅館的人很驚訝對吧？」

「旅館方面還好，倒是我一直不敢鬆懈，眞傷腦筋。」

「你總會午睡吧？」

「是可以午睡，但不能外出，備受拘束，眞教人難受。」

「替天行道也實在夠累人的。要是天網恢恢，疏而有漏的話，那可就太沒意思了。」

「放心，他今晚一定會來。——喂，你快看！」山嵐突然壓低聲音，我心頭一震。一名戴著黑帽子的男人，從底下仰望角屋的瓦斯燈，往陰暗的前方走去。不是他，哎呀呀。不久，十點一到，帳房的時鐘毫不客氣地發出鐘響。看來今晚又白忙一場了。

此時已夜闌人靜，可清楚聽到妓院那邊響起的鼓聲。明月從溫泉的山後露臉，大路上光線明亮。這時，底下傳來人聲。我無法從窗戶探頭，所以難能確認對方的身影，但對方似乎逐漸往這邊靠近，發出「喀啦喀啦」的木屐擦地聲。我斜眼望去，發現對方已相當靠近，可以望見兩道黑影。

「現在沒問題了，因爲礙事者已經趕跑了。」——那是馬屁精的聲音沒錯。

「誰叫他有勇無謀，會落得這種下場也是沒辦法的事。」——這是紅襯衫的聲音。

「他和那個東京人很像。說到那東京人，是個以俠客自詡的大少爺，也有他可愛之處。」

「他還嚷著不要加薪、想遞辭呈，怎麼看都像是神經有問題。」

我好想打開窗戶，直接從二樓一躍而下，狠狠地飽以老拳，但我強忍了下來。他們兩人朗聲大笑，從瓦斯燈下方穿過，走進角屋。

「喂。」

「喂。」

「來了。」

「終於來了。」

「這下子我終於放心了。」

「馬屁精那廝混帳，竟敢說我是以俠客自詡的大少爺！」

「他說的『礙事者』就是我，實在把我瞧扁了。」

我與山嵐得在他們兩人返家的路上加以攔截，但我們不知道這兩人何時才會離開。山嵐到樓下去交代店員，說他今晚或許有事得離開，請對方保持大門暢通，可以隨時進出。現在想想，眞虧旅館的店員肯同意——一般來說，像這樣都會被誤會成小偷。

等候紅襯衫前來的這段時間著實難受，而現在靜靜等候他走出角屋，更是痛苦。不能躺著睡，始終得盯著紙門的縫隙往外瞧，確實很辛苦，加上一顆心忐忑不安，我從沒有過這麼痛苦的感覺。我提議乾脆直接殺進角屋裡，當場來個捉姦在床，山嵐那廂只用一句話便駁斥了我的提議。他說：「我們要是現在一起衝進去，會被當作是暴徒擋在半路。要是告訴店家緣由，要求與他們見面，他們會推說不在，或者引我們到其他房間去。假設我們趁其不備闖進店內，裡頭數十間房，也不知道他們在哪一間。就算等得百般無聊，還是只能等他們自己走出來，別無他法。」於是我們一直耐著性子等到清早五點。

一看到那兩人從角屋走出的身影，我和山嵐馬上隨後跟蹤。頭班火車還沒來，所以他們得一路徒步走到城下。走出溫泉町後，有一排長約百米的杉樹林，左右皆是水田。通過此地後，到處是稻草屋頂的房子，來到一座河堤，一路穿過旱田直通城下。只要離開溫泉町，要在哪裡追上他們都行；如果可以，我們想在沒有住家的杉樹林那一帶逮住他們，所以一路躲躲藏藏地尾隨。一走出溫泉町，我們馬上放步飛奔，迅如疾風地從後追上。他們以為發生了什麼事，吃驚地回身而望，我大喊一聲「站住！」，伸手搭在他們肩頭。馬屁精慌慌張張地想要逃離，我連忙繞到前方擋住兩人去路。

「你身為教務主任，為什麼到角屋過夜？」山嵐馬上展開逼問。

「有規定說教務主任不能到角屋過夜嗎？」紅襯衫依舊以客氣的口吻回答，臉色略微發白。

「你說過，因為這會對管束學生有所阻礙，所以連去蕎麥麵店或丸子店都不行，像你這等嚴謹的人，為什麼會和藝妓一起在旅館過夜？」

馬屁精想趁機開溜，我馬上擋住他去路，怒喝道：「你說『東京大少爺』是什麼意思！」

他厚著臉皮辯解道：「不，我那不是在說你。沒那回事。」

我這時候才發現自己雙手緊抓著袖口。剛才追他們時，放在袖子裡的雞蛋左搖右晃，教人不知如何是好，索性將袖口拉握在手裡。我猛然把手伸進袖口裡，取出兩顆雞蛋，大喝一聲，往馬屁精臉上砸去。蛋殼應聲破裂，蛋黃一路從他鼻尖流下。馬屁精似乎大為吃驚，大叫一聲，一屁股跌坐地上，高喊「救命」。我買雞蛋是為了吃，可不是為了用來砸人才收在衣袖裡，純因一時怒氣上湧，原本不想砸的卻一時忍不住出手。不過，見馬屁精跌坐地上，我才注意到自己做對了，於是朝他罵道「混帳東西，混帳東西！」，抄起剩下的六顆蛋就是一陣猛砸，馬屁精頓時滿臉黃汁。

當我忙著砸蛋時，山嵐與紅襯衫仍在談判。

「你有證據可以指證我帶藝妓上旅館嗎？」

「我晚上看到你那相好的藝妓走進角屋。這樣你還能蒙混嗎？」

「我沒必要蒙混，是我和吉川兩人在此過夜。不管昨晚有沒有藝妓走進旅館，都跟我無關。」

「住口！」山嵐賞了他一拳，紅襯衫頓時一陣踉蹌。

「你太粗暴，太亂來了。不講是非，動用武力，簡直無法無天。」

「你才無法無天咧，我早受夠了！」山嵐又是一拳，「像你這樣的奸人，不狠狠挨一頓揍，是不會講實話的。」接著拳如雨下。

我同時也對馬屁精飽以老拳。最後他們兩人都蹲在杉樹下，不知是無法動彈，還是眼冒金星，完全沒有要逃跑的意思。

「夠了嗎？如果不夠，我再賞你幾拳。」我們兩人又是一陣亂打，他們答道：「夠了。」我問馬屁精：「你也夠了嗎？」他回答：「當然夠了。」

「你們是奸佞小人，所以我們才替天行道。你們最好學會教訓，從今後謹言慎行。不管你們再怎麼花言巧語替自己辯解，正義還是饒恕不了你們。」山嵐說完後，兩人皆沉默不語。也許他們已懶得開口。

「大丈夫既不會逃，也不會躲。今晚五點前，我人都在港屋。想找我的話，看是要找警察還是找什麼人來都行。」——聽山嵐這麼說，我也跟著道：「我也一樣，既不逃也不躲。我會和堀田待在同一個地方等，想報警的話儘管去吧。」

說完後我們兩人快步離去。

回到住處時，已將近七點。我一進房間，馬上開始收拾行李，房東太太大吃一驚，問我怎麼回事。我回答她：「婆婆，我要去東京帶我太太過來。」就此與她結清房租，隨後坐上火車來海濱。

抵達港屋時，山嵐正在二樓睡覺。

我想趕快寫辭呈，卻不知該如何下筆，於是寫了一句「因個人因素，欲辭職返回東京，懇請同意批准」，郵寄給校長。

蒸氣船於晚間六點出航。山嵐和我都累了，兩人倒頭呼呼大睡，一覺醒來時已是下午兩點。我們問女服務生，巡警可有來過，她說沒有。

「看來，紅襯衫和馬屁精都沒報警。」我們兩人敞懷大笑。

當晚，我與山嵐離開那紛擾之地。

船離岸越遠，我心情越愉悅。我們搭火車一路從神戶坐往東京，抵達新橋時，甫覺自己來到正常的世界。我就此與山嵐道別，至今仍無緣再見。

哦，忘了提阿清的事。我抵達東京後，也沒先找房子住，就直接拎著皮箱衝去找她。

「阿清，我回來了。」

「哎呀，少爺，你這麼快就回來啦。」阿清淚如雨下。

我也很開心，對阿清說：「我再也不去鄉下了，我要在東京找個房子，和妳一塊住。」

之後在某人的介紹下，我成了東京市街鐵道的技師，月薪二十五圓，房租六圓。儘管住的不是有氣派玄關的大宅院，阿清似乎依然無比滿足，但遺憾的是，今年二月她罹患肺炎辭世了。

臨終前，她把我叫至跟前道：「少爺，阿清求你了，我死後請將我葬在少爺家的寺院裡，我會在墓裡靜靜等候你的到來。」

於是我將阿清葬在了小日向的養源寺。

《少爺》——完

【少爺行腳】

夏目漱石本人曾於明治二十八年（西元一八九五年），從東京遠赴當時四國的松山中學任教，這段經歷幾乎被公認是《少爺》的題材由來。今四國愛媛縣松山市隨之成為此書故事背景地點，道後溫泉免不了就跟書中溫泉町畫上等號，加上當地保留了許多明治時代建築，百年來不斷吸引漱石迷們造訪。

夢十夜

ユメ十夜

夢十夜

ユメ十夜

第一夜

我有過這樣的夢境。

我雙臂盤胸坐在枕邊，一名仰躺的女子柔聲對我說，她就快死了。女子長髮披散在枕頭上，線條柔美的瓜子臉枕在其中，白淨臉頰底端透著溫熱血色。她的唇色不消說，當然鮮紅豔麗，怎麼看都不像是將死之人。

但女子卻以輕柔的聲音明確地說她就快死了，連我也覺得，她確實離死不遠。於是我從上方窺望她，對她問道：「是麼，妳就快死了嗎？」女子睜開雙眼說：「當然。」她那翦水雙眸在長長的睫毛包覆下，不見眼白，只看得到烏黑。

在她烏黑眸子深處，清楚映照出我的身影。

我凝望那對眼瞳如同透明般深邃的烏黑色澤，心想，她這樣眞的會死嗎？接著我親暱地把嘴湊向枕邊，又再問了一遍：「妳不會死吧？妳應該不會有事吧。」這時，女子神色困倦地睜大那烏黑雙眸，同樣以輕柔的聲音回道：「可是我就快死了，這是無可奈何的事。」

我專注地問她：「那麼，妳看得到我的臉嗎？」她嫣然一笑，說：「還問呢，喏，不就映照在上頭麼。」我沉默不語，從她枕邊離開。

盤起雙臂的我心想，她一定會死嗎？

半晌過後，女子又開口。

「我死後，請將我埋葬。請用大珍珠貝殼挖個洞，在上頭擺上從天際掉落的星星碎片，當作我的墓碑，然後在墓旁靜靜等候。我會再回來與你相會。」

我問她什麼時候來和我相會。

「太陽不是會升起嗎？然後再落下，接著又升起，然後又再落下。在火紅的太陽由東往西，又再次由東往西的反覆過程中……你能耐心等候嗎？」

我默默頷首。

女子輕柔的語調略微提高。「請等候我一百年。」她語氣堅決地說。

「請坐在我的墳墓旁等候一百年。我定會前來與你相逢。」

我只回答一句「我會等妳的」。接著，我在她烏黑雙眸中清晰可見的身影，突然就此崩解。就像平靜的水面一陣顫動，打亂上頭映照的倒影般，正當我覺得自己的身影隨著水一起流出時，女子陡然閉上雙眼，淚水從她長長的睫毛間滑向雙頰。——她死了。

之後我走下庭院，用珍珠貝殼挖洞。珍珠貝殼是種外緣平滑且銳利的大貝殼。每次挖土時，月光照向貝殼內面總是閃閃生輝。我還聞到濕土的氣味。半晌過後，我已挖好坑洞，將女子放入洞中，並輕輕覆上柔軟的泥土。

每次覆土，月光都會照向貝殼的內面。

接著我撿來一塊星星的碎片，輕輕擺在泥土上。那塊星星的碎片外形渾圓，應該是從空中落下的這段漫長時間裡磨去了它的稜角，就此變得平滑。在我抱起它放在泥土上的這段時間裡，覺得胸口和雙手傳來一股暖意。

我坐在青苔上，雙臂盤胸，端詳著那塊渾圓的墓碑，心想，接下來要這樣等上百年之久。

不久，果眞如女子所言，旭日東升——是又大又紅的太陽。接著又如同女子所言，旋即往西傾沉，維持它火紅的原貌落下。我心裡暗自數了個「一」。

過了一段時間，豔紅的金烏再次緩緩升向中天，然後又默默西墜。我暗自數了個「二」。

就在一個、二個暗自細數時，我已分不清自己看過幾顆紅太陽。不管再怎麼數，都還是有數不盡的紅太陽從我頭頂越過。百年的盡頭卻遲遲無法到來。最後我望著那布滿青苔的渾圓石頭，腦中猛然浮現一個念頭——我該不會被那個女人騙了吧？

這時，從石頭底下冒出一根青莖，斜斜地朝我延伸而來。它越來越長，來到我胸口前就此停住。接著，在搖曳的青莖頂端，有一朵微偏的細長花蕾正綻放片片花瓣。雪白的百合就在我的鼻端，花香幾乎直透我心扉。從九天之外落下露珠，花兒因自身的重量而晃盪。我往前伸長脖子，吻向那冰冷露珠滴落的白色花瓣。就在我把臉從百合上移開時，我不自主望向遙遠天際，只看見一顆閃爍的晨星。

「原來一百年的時間已經到來。」此刻我才猛然曉悟。

第二夜

我有過這樣的夢境。

我走出住持的禪房，順著走廊回到自己房間，發現座燈正亮著迷濛燈火。我單膝跪向坐墊，將燈芯拉直時，形狀像花的丁香「砰」的一聲落向塗朱漆的臺座上。房內同時陡然轉爲明亮。

拉門上的畫，是出自蕪村①之筆。他以墨色的濃淡、距離的遠近來描繪黑色柳樹，一名彷彿冷得直打哆嗦的漁夫，斜戴著斗笠，從堤防上走過。壁龕裡懸掛一幅文殊渡海的掛軸。燒剩的香，在暗處仍散發著餘味。這座寺院寬敞幽靜，不見人蹤。圓筒座燈照向漆黑的天花板，留下渾圓的光影，仰頭乍看，彷覺有生命一般。

我仍立著單膝跪坐，左手捲起坐墊，右手試著伸進去觸碰，那東西安好地擺在我所想的位置上。這樣就放心了，我將坐墊恢復原狀，重重坐在上頭。

「你是武士。既是武士，豈有無法曉悟之理？」住持如此說道。他還說：「瞧你遲遲無法曉悟，想必你不是武士。是個無用之人！哈哈，生氣了吧？」

住持微微一笑，接著補上一句：「要是不甘心，就拿出你已曉悟的證據來看。」語畢，他便把臉轉向一旁。——眞是豈有此理。

擺在隔壁大廳壁龕裡的時鐘，在下個定點敲鐘響起前，我一定會曉悟。待我曉悟後，今晚會再走進住持的禪房，以我的曉悟來換取住持的人頭。只要我沒曉悟，就無法取住持性命。我非曉悟不可，我是武士！

若無法曉悟，我便自盡。武士不能受辱苟活，要死得壯烈。

當我如此暗忖時，手又不自主地伸向坐墊下，取出一把紅鞘短刀。我緊握刀柄，將紅色刀鞘甩向前方，寒刃在幽暗的房內閃耀銀光，彷彿有某個驚人之物從我手中逃竄而去，接著又悉數匯聚於刀尖之上，將殺氣凝結成一個小點。銳利的刀鋒往九寸五分②的前方縮成像針頭般尖細，我看了之後，猛然有股想要挺刀刺出的衝動。全身熱血往右手腕流去，緊握手中的刀柄變得濕黏。我雙唇發顫。

①與謝蕪村，江户時代中期的俳人、畫家。

②短刀刀身的長度，約二十九公分長。

還刀入鞘，收回後擱置右側，我接著盤腿而坐。——趙州云無③。「無」是什麼？臭禿驢！——我咬牙切齒地罵道。

我緊緊咬牙，從鼻中呼出灼熱氣息。兩鬢抽痛，圓睜的雙眼比平時大上一倍。

我看見掛軸，看見座燈，看見榻榻米，清楚看見住持的禿頭……甚至聽見他張開大嘴嘲笑的聲音。這和尚實在不像話。我定要把他那顆禿頭斬下來。

瞧我曉悟給你看。「無！無！」我在口中反覆默念。明明口中念著「無」，卻仍是聞到焚香氣味。搞什麼，明明是香，竟還擾亂我思緒！

我突然握緊拳頭，狠狠打向自己腦袋，接著緊緊咬牙。腋下熱汗直冒，背脊變得像棍棒一樣僵硬，膝蓋猛然發疼。我心想，就算膝蓋折斷，那又怎樣。但真的很痛，苦不堪言。然而，「無」卻仍舊遲遲沒出現。每當覺得「無」快出現時，就馬上感到疼痛，教人既氣忿又懊惱，萬分不甘。淚水撲簌直下，甚至想全身撞向巨岩，撞它個粉身碎骨。

儘管如此，我還是耐住性子靜靜打坐，將難受的痛苦納入胸臆，暗自忍耐。那難受之物從體內托起我全身肌肉，彷如要從我周身的毛細孔向外噴發似的，百般急躁，但處處受阻，苦尋不著出口，情況悲慘至極。

不久，我的腦袋變得不太對勁……座燈、蕪村的畫、榻榻米、層架，變得若有似無，若無似有。儘管如此，還是完全不見「無」現身。我就只是這樣隨意坐著。這時，隔壁房的時鐘開始敲響。

我猛然驚覺，右手旋即搭在短刀刀柄上。時鐘響了第二聲。

第三夜

我有過這樣的夢境。

我揹著一名六歲孩童。他是我的兒子沒錯。不可思議的是，不知從何時起，他兩眼失明，成了個光頭小鬼。我問他：「你是什麼時候失明的？」他回答道：

③出自禪宗《無門關》中的「和尚因僧問。狗子還有佛性也無。州云無。」裡頭的州，即是河北趙州的真際從諗禪師。有一僧人問趙州：「狗是不是也有佛性呢？」趙州答曰：「無！」

「沒什麼，很早以前就這樣了。」那聲音確實是孩童的聲音沒錯，說話口吻卻十足大人樣，而且擺出與我對等的態度。

兩旁都是綠油油的農田，加之道路窄細，不時有白鷺鷥的身影出現在黑暗當中。

「走進水田裡了對吧。」孩子在我背後說話。

「你怎麼知道？」我轉頭問他。

「因爲有白鷺鷥在叫啊。」他回答。

這時，傳來兩聲白鷺鷥的叫聲。

他雖是我的兒子，我卻隱隱覺得可怕。揹著這麼一個孩子，不知道接下來的路會發生什麼事。我望向前方，想找處適合的地方拋下他，這時，我在黑暗中望見一座大森林。就在我心想那地方應當合適時，聽見孩子從背後傳來的笑聲。

「呵呵呵。」

「你笑什麼？」

孩子沒答話。

「爹，我很重嗎？」他問。

「不重。」我回答。

「待會兒就會變重了。」他說。

我不發一語，朝森林走去。田間小徑呈不規則蜿蜒狀，遲遲無法走出這片水田。走了半晌，遇上一處岔路。我站在岔路口稍事休息。

「這裡應該立有一塊石碑才對。」那小鬼說。

確實立著一塊高度及腰的八寸角④石碑，正面刻有一行字，寫著「左往日窪，右往堀田原」。雖然光線昏暗，但紅字清楚可見。那紅字就像紅腹蠑螈腹部的顏色一樣。

「往左邊好了。」小鬼下令道。我朝左一看，前方森林的暗影從高空一路往我們頭頂掩蓋而來。我一時躊躇不前。

「你用不著顧忌。」小鬼又開口道。不得已，我只好邁步朝森林走去。我在心中暗忖著：「明明瞎眼，卻又一副無所不知的樣子。」

如此走在那單一道路上，往森林走去。這時小鬼在我背後道：「瞎眼很多事

④長寬皆二十四公分的正方形長柱體。

都不方便，眞是痲煩。」

「所以我這不是揹著你麼，這樣不是挺好？」

「讓你這樣揹著我，我過意不去，感覺會被人瞧不起，實在不好。甚至會被父母瞧不起，這樣更不好。」

這番話聽起來眞不舒服。我想早點將他拋棄在森林裡，暗自加快了腳步。

「再走一段路就會知道了——之前剛好也是像這樣的晚上。」小鬼在我背後自言自語。

「知道什麼？」我以快要發火的聲音問。

「還問呢，你自己心知肚明啊。」這孩子語帶嘲諷地回答。這時，我覺得自己彷彿知道些什麼，但又模模糊糊，不是很清楚。只覺得好像有個類似這樣的晚上，也覺得只要繼續往前走，就會明白一切。要是眞弄明白了，那可不妙，得趁一切還沒弄清楚前快點拋棄他，這樣才能高枕無憂。我益發加快腳步。

雨從剛才就下個不停，路面越來越暗，宛如置身夢中。有個小鬼緊緊依附在我背後，他就像是一面不會遺漏一丁點事實的鏡子，閃閃生輝，在他的照耀下，我的過去、現在、未來完全顯現無遺。而且他是我兒子，雙目失明。我覺得難受極了。

「這裡，就是這裡。就在那棵杉樹底下。」

在雨中，小鬼的聲音聽得無比清楚。我不自主地停下腳步。不知何時，我已走進森林中。前方約兩公尺遠處有個黝黑之物，看起來確實像是小鬼所說的杉樹。

「爹，就在那棵杉樹底下對吧？」

「嗯，沒錯。」我不自主地答道。

「是文化五年，辰年對吧。⑤」

原來如此，好像確實是文化五年沒錯。

「你就是剛好在一百年前殺了我。」

一聽聞此言，我腦中倏地覺醒，想起自己在一百年前的文化五年，一個類似這樣的晚上，在這棵杉樹下殺害一名盲人。當我發現自己是個殺人凶手時，頓然感到背後的孩子變得像地藏王石像一樣沉重。

⑤文化五年為西元一八〇八年，辰年為龍年。

◎第四夜

在廣敞的土間⑥中央擺設著一張納涼長椅，四周擺上幾把小折凳。納涼長椅閃耀著黑光。有位老爺爺在角落裡擺出一張方型的小餐桌，自飲自酌，下酒菜好像是滷菜。

幾杯黃湯下肚後，老爺爺臉泛紅光。他滿臉油亮，臉上看不出皺紋。不過他蓄著長長的白鬍子，一看就知道年事已高。我雖是個孩子，卻暗自心想，不知這位老爺爺今年多大歲數。這時，提著水桶從後方導水管裝滿水走來的老闆娘，以圍裙擦著手，向老爺爺問道：「老爺爺，您今年幾歲啦？」

老爺爺將塞滿嘴的滷菜嚥進肚裡，氣定神閒地應道：「我自己幾歲，我都忘了。」

老闆娘將擦乾的手插進細腰帶中，在旁仔細打量著老爺爺的臉。老爺爺拿著個像碗一樣大的容器，正大口大口地喝酒，接著他從白鬍子中長長吁了口氣。

老闆娘又問：「老爺爺，您家住哪裡？」

老爺爺氣吐到一半，就此打住，回答道：「住肚臍裡。」

老闆娘雙手依舊插在細腰帶裡，接著再問：「那您要去哪兒呢？」

老爺爺聞言，又端起碗一樣大的容器，仰頭喝了一大口溫酒，像剛才一樣又吁了口氣。

「去那邊。」

「往前直去嗎？」當老闆娘如此詢問時，老爺爺呼出的氣已穿過紙門，從柳樹下飛過，朝河灘方向筆直而去。

老爺爺來到大門外。我隨後跟了出去。老爺爺的腰間懸著一只小葫蘆，肩上掛著一個方盒，直垂至腋下。他下半身穿著一條淡黃色的束腳長褲，上半身則是件淡黃色的無袖短外罩。只有布襪是黃色，看起來就像是皮革製成的布襪。

老爺爺直直來到柳樹下。柳樹下有三、四名孩童。老爺爺笑咪咪地從腰間取出淡黃色手巾，將它搓成像繩索般的細長狀，置於地面中央，接著在手巾周圍畫一個大圓。最後則是從掛在肩上的方盒裡取出一支像是賣糖小販常用的銅製笛子。

「待會兒那條手巾會變成蛇，你們看仔細，看仔細喔！」他反覆說道。

⑥日本房子入門處沒鋪木板的黃土地面。

孩童們目不轉睛地望著手巾，我也緊盯著瞧。

「仔細看，仔細看喔，準備好了嗎？」老爺爺一面說，一面吹響笛子，開始繞著那個大圓繞圈。我一直望著那條手巾，但手巾動也不動。

老爺爺「滴哩哩」吹著笛子，繞了一圈又一圈。他穿著草鞋，踮起腳尖，就像對手巾充滿忌憚般，躡手躡腳地繞圈。這看起來既可怕，又有趣。

不久，老爺爺的笛聲戛然而止。他打開掛在肩上的盒子，一把抓住手巾頂端，放進盒內。

「像這樣放進盒內，手巾便會在盒內變成蛇。待會兒就讓你們見識，待會兒就讓你們見識。」老爺爺一面說，一面直直地往前走。他穿過柳樹下，順著窄路直直往下走。我很想見識那條蛇，所以一路跟在他身後順著那條窄路往前走。老爺爺邊走邊不時喊著「就快變了」、「手巾變蛇」，最後哼起歌來。

「就快變了，手巾變蛇，包準會變，笛聲清亮。」

最後終於來到了河岸。這裡沒橋也沒船，我心想，應該會在這裡休息一下，讓我們見識盒裡的蛇吧，結果老爺爺卻「嘩啦嘩啦」地走進河中。起初水深及膝，接著來到腰際，最後水一路從腰部淹至胸口，下半身完全浸入水中。儘管如此，老爺爺還是唱個不停——

「天漸漸深，夜漸漸黑，往前直走。」

他一路直直往前走。接著連他的白鬍、臉龐、頭頂、頭巾，也全沒入水中。

我心想，等老爺爺走上對岸時，應該就會讓我們看那條蛇吧，於是我站在蘆草窸窣作響的地方，獨自一人耐心等候。但到最後，老爺爺始終沒走上岸。

第五夜

我有過這樣的夢境。

那是年代久遠的事，接近神話時代的遠古時期，我在沙場上征戰，不幸落敗，遭人生擒，押往敵方大將面前。

當時的人們個個長得高頭大馬，且都蓄著長髯；腰間繫著皮帶，上頭掛有像棍棒般的佩劍。弓看起來像是直接以粗大的藤蔓製成，既沒上漆也沒磨光，樸實無華。

敵方大將右手握住弓的中央，將那把弓插入草地，直接坐在倒放的酒甕上。我望向他的臉，發現他鼻子上方的一對濃眉連成一字。那時候當然沒有剃刀這種物品。

我是俘虜，自然沒有我能坐的位子，只能在草地上盤腿而坐。我腳上穿著一雙大草鞋。這個時代的草鞋作得很大，立起來足足和我的膝蓋一樣高，邊緣處還留有些許稻草似纓穗般垂落，走起路來隨之擺動，以此作爲裝飾。

大將藉著篝火仔細打量我，問我想死還是想活。這是當時的習慣，俘虜都會接受這樣的詢問。如果回答「想活」，就表示投降；回答「想死」，就表示不願屈服。我回了一句「想死」。大將把插在草地上的弓拋向前方，作勢要拔出他掛在腰間、模樣像棍棒的長劍。這時，隨風傾倒的篝火靠向那把長劍。我張開右手，模樣如同楓葉，朝大將探出手掌，高高舉起——一副大喊「且慢」的模樣。大將「喀嚓」一聲，還劍入鞘。

即便是在那個時代，仍有愛情的存在。我開口道：「在我臨死前，想見自己思念的女人最後一面。」大將回應：「在天亮雞鳴前，我可以等。」故在雞鳴前，得將女子喚來此處才行。倘若雞鳴時女子仍未到來，我將就此喪命，無法見她最後一面。

大將坐著，凝望眼前的篝火。我穿著大草鞋，盤起雙腿，坐在草地上等候女子的到來。夜色漸濃。

篝火裡不時發出木柴崩塌的聲響，彷彿每次崩塌，火焰便慌亂地往大將的方向湧去。大將烏黑濃眉底下，雙眸炯炯生輝。忽地有人走向前，朝熊熊烈焰中拋進新的樹枝。過了一會兒，篝火發出「啪嚓啪嚓」的聲響——那聲音無比英勇，彷彿能趕走黑暗。

這時，女人牽出一匹繫在後方橡樹上的白馬。她朝馬鬃輕撫三下後，縱身騎上牠高大的馬背。白馬身上既沒馬鞍，也沒馬蹬。女子以白皙修長的腿朝馬腹一踢，白馬立即放足馳奔。

有人朝篝火裡添薪柴，故隱約可望見遠方的天空。白馬在黑暗中朝著亮光飛奔而來，從牠鼻孔噴發兩道像火柱般的鼻息，一路狂奔。儘管如此，女子仍頻頻以她纖細長腿踢著馬腹。白馬展開風馳電掣之速，馬蹄聲傳向高空。女子長髮在黑暗中揚起，宛如隨風擺動的風向袋。儘管如此，她還是無法趕到篝火所在處。

這時，在漆黑的道路旁，突然傳來「喔喔喔」的一聲雞啼。女子往後仰身，使勁將握在手中的韁繩往後拉。白馬前蹄就此嵌進堅硬的岩石中。

又傳來「喔喔喔」的雞啼。

女子發出一聲驚呼，一度鬆開拉緊的韁繩。馬就此往前跪倒，連人帶馬往前撲去，岩石底下是萬丈深淵。

蹄印至今仍留在岩石上，而模仿雞啼聲的，是天探女⑦。只要這蹄印還嵌在岩石上一天，天探女就是我的仇敵。

第六夜

聽聞運慶人在護國寺的山門雕刻仁王像⑧，我遂趁散步之便前往一觀，來到後發現已有許多人早一步到來，頻頻對此品頭論足。

在山門前約莫十公尺處，有一棵高大的赤松，其樹幹斜斜地遮蔽山門頂端的屋瓦，朝遙遠的蒼穹昂然傲立。翠綠松樹與朱漆山門兩相輝映，美不勝收。而且松樹的所在位置絕佳，在不礙眼的情況下，斜向從山門左側橫越；越往上方，枝葉越是繁茂，一路往屋頂挺出，顯得古意盎然，引人聯想起鎌倉時代。

然而，觀賞此景的，全和我一樣是明治時代的人。當中尤以車夫居多，肯定是在此候客，百無聊賴下才會站在這裡。

「還眞是巨大呢。」有人說。

「應該比雕刻一般人像還要費力吧。」也有人這麼說。

緊接著，有另一名男子道：「你說仁王是吧。現在還有人刻仁王嗎？原來是這樣。我原本還以爲仁王像都是古時候的作品呢。」

「看起來威儀十足。有人不是說過麼，若問古往今來誰最威猛，除了仁王，誰敢稱雄？他可是比日本武尊⑨還要厲害呢。」也有一名男子如此搭話道。男子

⑦日本神話中的女神，為天邪鬼的原形。昔日天照大神派一隻名叫「鳴女」的雉雞前去責問天稚彥，天探女在一旁進讒言說此鳥的叫聲不吉，天稚彥因而以弓箭射殺鳴女。

⑧運慶是鎌倉時代的佛像雕刻師。仁王像亦即金剛力士像，共有兩尊，張嘴的是金剛，合嘴的是力士。

⑨日本神話人物，在《古事記》中為倭建命，在《風土記》中為倭武天皇。傳說他力大無窮，善用智謀，為大和王權開疆拓土。

將衣服下襬撩起塞進衣帶裡，頭上沒戴帽子，看起來就是個胸無點墨的粗人。

運慶全然不理會圍觀群眾的指指點點，自顧自地揮動鑿子和木槌，連頭也不回。他站在高處，正雕刻仁王臉部。

運慶戴著一頂小烏帽，身上穿著一件不知是不是素袍的寬袖衣服，寬鬆的衣服在背後纏緊，模樣十分具有古意——與現在看熱鬧的喧鬧人群顯得格格不入。我心想，爲什麼運慶能一直活到現在呢？我一面思索這件不可思議的事，一面站在一旁觀看。

然而，運慶本人似乎一點都不覺得有何不可思議或古怪之處，就只是專注地埋首於雕刻中。一名昂首望著他這種工作態度的年輕男子，轉頭向我誇讚道：

「不愧是運慶，眼中完全沒有我們的存在。他的態度就像在說，『天下英雄唯我與仁王也』。眞不簡單！」

我覺得他這番話頗耐人尋味，因而微微朝男子打量了幾眼。男子馬上又說：

「你看他使鑿子和木槌的方式，簡直已達到出神入化的境界了。」

運慶此時正往旁邊雕出高約一寸的粗眉，只見他才剛將鑿子豎起，接著又斜斜地由上往下擊槌。鑿子刻進堅硬木頭內，厚實的木屑旋即應聲飛出，仁王鼻翼賁張的怒容就此浮現。看他刀起刀落，揮灑自如，過程中不顯一絲躊躇。

「他使鑿子的動作眞流暢，就這麼雕出他想要的眉毛和鼻子。」我心裡好生欽佩，不由自言自語了起來。

結果剛才那名男子聽了，對我說道：「哪兒的話，那個眉毛和鼻子不是他鑿出來的。其實眉毛和鼻子原本就埋藏在木頭中，他純粹是藉由鑿子和木槌的力量將它挖掘出來罷了……就像從土中掘出石頭一樣，肯定是這樣沒錯。」

這時我才恍然大悟，原來雕刻是這麼回事。既然這樣，那就人人都能辦到了。我突然有股想要動手雕刻仁王的衝動，於是不再駐足觀看，火速返回家中。

我從工具箱裡取出鑿子和鐵鎚，來到後院。之前被颱風吹倒的橡樹，我本打算當柴燒，所以請來伐木工鋸成適當的大小，堆成一座小山。

我從中挑了最大的一塊，幹勁十足地開始雕刻，但很不幸，我始終無法從中找到仁王。第二次同樣不走運，沒能掘出仁王。第三次一樣沒有仁王。我一一將那些堆置的木塊拿來雕刻，偏偏每一塊都不見仁王藏身其中。最後我終於明白，原來是仁王沒埋藏在明治時代的木頭裡——這樣我終於稍微能瞭解運慶爲何一直活到今日的原因了。

第七夜

我坐上一艘大船。

這艘船日夜吐著黑煙，從不止歇，一路乘風破浪而行，發出震耳欲聾的聲響……不知欲往何方，就只有像紅火箸般的太陽，每天都從波浪底下升起。它來到高高的帆桅上方逗留半晌後，不知何時又悄悄追過船身，往前而去。最後又像紅火箸般沉入波浪下。每次蔚藍的海浪都會在遠處沸騰，化爲蘇枋木似的殷紅。這時，船隻會發出巨大聲響，朝它追去——卻是永遠也無法追上。

某天，我攔住船上的男子問道：「這艘船是往西開嗎？」

船上男子一臉詫異，朝我打量了半晌後，反問道：「爲什麼這樣問？」

「因爲我們好像一直在追太陽啊。」

男子呵呵輕笑，就此往前走去。

「西行的太陽，它的盡頭是東嗎？此事果眞？東出的太陽，它的故里是西嗎？此事果眞？我身處浪潮間，乘船雲遊四海，隨波而流。」男子如此哼唱道。

我走到船頭一看，那裡聚滿了許多船夫，正用力拉著粗大的帆繩。

我開始擔心起來，不曉得何時才能上岸，也不知將駛向何方。唯一能確定的，就是這艘船會吐著黑煙，不斷破浪前行。波浪無比遼闊，放眼望去是一望無垠的藍，有時還是紫色，就只有船的四周始終圍繞雪白泡沫。我憂心不已。與其待在這樣的船上，我寧可投海一死了之。

船上乘客眾多，似乎大多是外國人，不過長相各有不同。當烏雲密布，船身搖晃時，一名女子倚著欄杆，頻頻哭泣。她拭淚的手帕看似白色，而她身上穿的是一襲印花布洋裝。看到這名女子，我才發現悲傷的人並非只有我。

某天晚上我來到甲板上，獨自仰望星辰，這時一名外國人走來，問我是否通曉天文學。我覺得人生無趣，甚至想一死了之，根本沒必要懂天文學，遂就沉默不語。這時，那名外國人開始對我說起位於金牛座頂端的七姊妹星團的故事，還說星辰和海洋全是神明所創造。最後他問我可有信仰。我望著天空，默而不答。

某天我走進一場社交聚會中，一名穿著華麗的年輕女子背對著我彈奏鋼琴。她身旁站著一名高大英挺的男子正引吭高歌，他的嘴巴看起來大得出奇。而兩人眼中只有彼此，對其他事全然不屑一顧，彷彿連自己置身船上的事都給忘了。

我益發覺得無趣，最後終於決定一死。於是某天晚上，趁四下無人，我把心一橫，縱身躍入海中。

孰料就在雙腳離開甲板，將與這艘船告別的瞬間，我突然又不想死了。早知道就不這麼做了——我心底浮現如斯念頭。但一切已然太遲，即便我百般不願，也注定得落入海中不可。

然而，這艘船看起來很高大，我身體也離開了船身，雙腳卻遲遲碰不到水。由於沒任何東西可抓取，水面離我越來越近，任憑我再怎麼縮起雙腳，水面還是步步近逼。海水是一片深黑色。

不久，那艘船一如平時，吐著黑煙從我身旁駛過。我這才曉悟，就算這是艘不知開往何方的船，我還是應該坐在上頭才對，唯這樣的曉悟已無法帶來任何改變，我抱著無限的懊悔與恐懼，靜靜落向那漆黑浪潮中。

第八夜

當我一腳跨過理髮店的門檻時，三、四名身穿白衣聚在一起的店員，異口同聲向我高喊：「歡迎光臨！」

我站在店內中央環視四周，得知這是個方形房間，兩邊開著窗戶，另外兩邊掛著鏡子。細數後，得知共有六面鏡子。

我來到其中一面鏡子前坐下。甫一坐下，臀部便發出「噗」的一聲。這是張坐起來舒服宜人的好椅子。鏡子清楚映照出我的面容，可以看見我臉部後方那面窗，還能斜斜望見帳房——帳房裡沒人。窗外來來往往的人們，從這裡可以清楚看見他們的上半身。

庄太郎帶著女人走過。他戴著一頂不知何時買的巴拿馬帽，那名女子也不知道是他什麼時候結識的。兩人看起來春風得意。正當我想看仔細那名女子的長相時，他們已從窗外過去。

豆腐小販吹著喇叭走過。他將喇叭抵在嘴巴上，雙頰像被蜜蜂螫到似的鼓起。他就這樣鼓著腮幫子走過，我對此相當在意，覺得他一輩子都會是這副像被蜜蜂螫過的模樣。

又來了一名藝妓，還沒上妝，島田髻⑩的束髮處鬆垮，感覺這個人腦袋不太靈光。臉上表情也是睡眼惺忪，她那難看的氣色，令人看了忍不住寄予同情。她向某人行禮問安，但對方始終沒出現在我眼前的鏡子裡。

這時，一名身穿白衣的大漢來到我身後，手持剪刀和梳子打量我的腦袋。我伸手捻著稀疏的鬍鬚，向他問道：「如何，我這頭髮能變得像樣點嗎？」白衣男不發一語，以手中琥珀色梳子輕敲我的腦袋。

「那麼，我這腦袋呢？能變得像樣點嗎？」我向白衣男問道。白衣男依舊沉默，開始「喀嚓喀嚓」動起剪刀。

我雙目圓睜，不想放過映照在鏡子上的任何身影，可每當剪刀發出「喀嚓」一聲，眼前就有黑髮飛來，我因害怕而闔眼。

這時，白衣男說：「老爺，您見過外頭賣金魚的小販嗎？」

我說沒看見。白衣男就此未再多問，手中的剪刀「喀嚓」作響。這時，突然有人朗聲大喊：「危險！」我猛然睜眼一瞧，從白衣男的衣袖底下看見腳踏車的車輪以及人力車的拉桿。緊接著，白衣男雙手按住我的頭，把我的臉扭向一旁，我完全看不到腳踏車和人力車，只聽見剪刀的「喀嚓」聲。

不久，白衣男繞到我身旁，開始剪起我耳朵一帶的頭髮。由於頭髮不會往前掉落，我放心地睜開眼。

耳畔傳來「小米麻糬喔、麻糬喔、麻糬喔」的吆喝聲。小販刻意以一根小杵搗向臼中，配合節拍搗著麻糬。我小時候看過賣小米麻糬的小販，所以頗想看個仔細，但小販始終沒出現在鏡子中，就只傳來搗麻糬的聲響。

我使出自己最佳的眼力窺望鏡子角落。這時我發現，帳房裡不知何時坐著一名女子——是位膚色微黑，有一對濃眉，個頭高大的女子，梳著銀杏返⑪的髮髻，襯衣外披著黑色綢緞領巾，立起單膝坐著，正在點鈔。好像是十圓鈔。女子長長的睫毛低垂，薄唇緊抿，正專注地數著鈔票，她數鈔速度飛快，而鈔票數目似乎怎樣也數不完。擺在她膝蓋上的鈔票頂多只有百來張，但那一百張鈔票不管怎麼數，都還是一百張。

---

⑩日本舊時流行的一種髮型，多為年輕女性或藝妓、娼妓等職業的女性所梳結。

⑪明治時代三十歲以上女子所梳的髮型，髮髻形狀像蝴蝶，故也叫作「蝴蝶髻」。

我一臉茫然地注視著那名女子的面龐，以及那十圓鈔。這時，白衣男在我耳邊大聲喚道：「洗頭吧！」趁此之便，我從椅子上站起身，馬上轉頭望向帳房。帳房裡根本看不到什麼女人和鈔票。

我付完錢，走出店外，望見門口左側擺了五個小水桶，裡頭有紅色金魚、斑紋金魚、瘦金魚、胖金魚，多得數不清，而賣金魚的小販就站在後方。小販注視著眼前的金魚，手托著腮靜坐不動，對於熙攘人潮的喧鬧，他毫不在意。我站在一旁，朝賣金魚的小販端詳良久。而在我看他的這段時間，他仍是動也不動。

第九夜

感覺時局開始喧騰紛亂，戰事彷彿一觸即發——就像一隻住處被燒毀的馬，不分晝夜地繞著屋子狂奔，而步卒們也都聚在一起，不分晝夜地追趕那匹馬。儘管如此，家中卻是一片死寂。

家內有位年輕的母親，以及一名將滿三歲的孩童，父親去往他處。父親是在一個月隱之夜離家。他在木板地上穿好草鞋，披上黑色頭巾後，就此從後門離去。當時母親手中的燈籠朝幽暗的前方射出一道細長的亮光，照亮樹籬前的一株老檜樹。

父親就此一去不返。

母親每天都問那三歲的孩子：「你爹呢？」

孩子什麼也沒說，隔了半晌才應道：「那邊。」

母親又問「什麼時候回來」，孩子一樣回答「那邊」，面露微笑。這時母親也笑了。

接著她會一再重複對孩子說「就快要回來了」。但孩子只記得住「就快要」三個字，有時母親問他「你爹去哪裡」，他會回答「就快要」。

入夜後，四周一片闃靜，母親繫好腰帶，將一把鯊魚皮刀鞘的短刀插進腰帶間，用背帶將孩子繫在背後，悄悄溜出門。母親總是穿著草鞋。孩子靠在母親背後，聽著草鞋踩地的聲音，就此沉沉入睡。

順著宅邸林立、圍牆相連的市街一路往西行，往下來到斜坡盡頭，眼前有一株大銀杏樹。來到銀杏樹後右轉，前方約一百公尺處有座石鳥居。走在兩旁分別是水田和山白竹的道路來到鳥居前，從底下穿過後，前方出現一大片幽暗的杉樹林。接下來沿著石板路走上將近四十公尺，盡頭處是一座古老拜殿的階梯起始處。歷經日曬雨淋，已呈鼠灰色的香油箱上方，垂吊著一條繫有大鈴鐺的繩索，白天時可以看到鈴鐺旁掛著一個寫有「八幡宮」的匾額。當中「八」這個書法字，寫得像兩隻相向的鴿子，很有意思。此外還有各式各樣的匾額，大多寫的是藩內射中金色標靶者的姓名，偶爾也有捐獻長刀者的姓名。

穿過鳥居後，杉樹樹梢不時傳來貓頭鷹的鳴叫聲，以及簡陋草鞋發出的「啪答」聲。「啪答」聲來到拜殿前才止歇，母親先搖響鈴鐺，接著蹲下身拍掌。通常貓頭鷹這時候都會突然安靜下來，爾後母親全心全意祈求丈夫平安無事。母親滿心以為，丈夫是武士，所以前來向弓矢之神八幡宮許下這理所當然的願望，自沒有拒絕聆聽之理。

孩子因鈴聲而醒來，他環視四周，發現一片漆黑，猛然在母親背後放聲大哭。母親口中默念祈禱，並頻頻搖晃背後的孩子，逗他止哭。有時孩子會自己停止哭泣，有時則是越哭越凶。但不管怎樣，這名母親都遲遲不肯站起身。

待爲丈夫的平安祈求完畢後，她這才解開背帶。

為了將背後的孩子放下，她把孩子移至胸前，雙手環抱，走上拜殿的階梯。「寶寶乖，要再等一會兒喔。」她緊緊地與孩子互蹭臉頰，接著將背帶拉長綁在孩子身上，將另一頭繫在拜殿欄杆，然後一階一階走下樓梯，在那將近四十公尺長的石板路來回走上百遍⑫。

被繫在拜殿旁的孩子，則是獨自在黑暗中，於背帶所能拉長的範圍內，來回爬行於寬敞的外廊上。這種時候對母親來說是很輕鬆的夜晚，但要是被繫在拜殿旁的孩子開始嚶嚶哭泣，母親則會懸心掛懷，她行走百遍的步伐會變得急促，走得氣喘吁吁。真不得已時，她會中途登上拜殿哄孩子不哭，接著再重新走一百遍。而令這位母親牽腸掛肚、夜不能眠的父親，老早已被浪人殺害了。

這則悲傷的故事，是我在夢中聽母親說的。

⑫向神社參拜一百遍，以求願望實現的一種風俗。

第十夜

健兒前來告訴我，庄太郎被女人帶走後的第七天晚上，突然又回到家中，接著高燒不退，臥病在床。

庄太郎是町內首屈一指的美男子，而且心地善良，個性耿直。不過他有一項嗜好，那就是戴著巴拿馬帽，在向晚時分坐在水果店門口，欣賞來來往往的女性，頻頻爲之讚嘆。除此之外，他這個人無其他特別之處。

當沒什麼女人路過時，他不看道路，改賞水果。水果種類繁多，水蜜桃、蘋果、枇杷、香蕉，全都漂亮地裝在籃子裡，整齊地排成兩列，讓人可以拿它當伴手禮，拎了就走。庄太郎看著這籃子，直說好看，還說要做生意就得開水果店。但他卻整天戴著巴拿馬帽，遊手好閒。

他也曾評論過夏橙，說它色澤美觀，卻從未自己掏錢買過水果。不過他倒也不會吃白食，他就只是誇讚水果色澤好看。

某天傍晚，一名女子突然站在店門口，看起來身分不俗，穿著一身華服。庄太郎對她衣服的顏色大爲欣賞，對女子的容貌更是讚嘆。於是他摘下心愛的巴拿馬帽，彬彬有禮地向女子問安，女子指著最大的一籃水果說「我要買這個」，庄太郎馬上提著水果籃交到女子手上。女子試提了一下後道：「好重啊。」

庄太郎原本就是個閒人，外加個性不拘小節，所以他對女子說：「那麼，我幫您提回家吧。」然後和她一起步出水果店，就此一去不返。

就算是庄太郎，這樣的行徑也未免太不經大腦了。他的親人和朋友大爲慌張，直說此事非比尋常。

結果到了第七天晚上，他竟又自己回到家中。親友們全聚在家中問他：「阿庄，你到底去哪兒啦？」庄太郎只回答了一句：「我搭電車到山上了。」

肯定路途相當遙遠。根據庄太郎所說的地點，他們一下電車就馬上走向原野——一片遼闊的原野，放眼望去，盡是如茵碧草。

他和女子走在草原上，突然來到一處山頂絕壁。那時女子對庄太郎說：「請試著從這裡跳下去。」庄太郎往底下窺望，可以看見崖谷，但看不見崖底。庄太郎再度摘下巴拿馬帽，再三推辭。結果女子問他：「你要是不跳的話，會有豬來舔你，這樣你也無所謂嗎？」

這世上庄太郎最討厭的就數豬和雲右衛門⑬了，但這終究還是不能和性命相提並論，所以他不願往下跳。

這時，一隻豬抬著鼻子，發出「齁齁」叫聲朝他走來。不得已，庄太郎只好以手中那根檳榔樹作成的細長枴杖打向豬的鼻頭。豬悶哼一聲，打了個滾，就此墜落絕壁。

庄太郎才剛鬆了口氣，接著又有一頭豬以牠的大豬鼻朝庄太郎挨蹭而來。不得已，庄太郎再次掄起枴杖。豬隻同樣悶哼一聲，整個倒栽跌落斷崖。

緊接著又來一隻。

這時候庄太郎驚覺不對，望向對面，發現遙遠前方的草原盡頭，有數萬頭，甚至是數不盡的豬隻，正成群排成一直線朝站在絕壁上的庄太郎逼近，發出「齁齁」的叫聲。

庄太郎看得膽顫心驚，偏又無技可施，他只好用手中的檳榔樹枴杖一一打向豬隻的鼻頭。而玄的是，只要枴杖一打到豬的鼻頭，牠們就會滾落懸崖。仔細一看，這些豬隻正排成一列，以頭下腳上的姿態往那深不見底的絕壁墜落。想到自己竟打落這麼多豬隻，庄太郎也不禁心生怯意，但豬隻仍是前仆後繼，就像黑雲長了腳似的，撥開腳下青草，以驚人之勢不斷湧近，鼻頭「齁齁」作響。

庄太郎展現拚死一搏的英勇，敲打著豬的鼻頭，連戰了七天七夜。最後他終於氣空力盡，雙手變得像蒟蒻一樣虛弱，被豬舔了一口，就此倒臥在絕壁上。

——健兄故事說到這裡，最後補上一句：「所以嘍，常看女人會惹禍上身。」此言有理，不過健兄卻說他想要庄太郎那頂巴拿馬帽。

庄太郎應該沒救了才是，巴拿帽最後應會歸健兄所有吧！

《夢十夜》——完

⑬明治到大正時代間的一名日本浪曲師。

國家圖書館出版品預行編目資料

少爺與夢十夜／夏目漱石著；高詹燦譯
── 初版. ── 臺中市：好讀, 2015.07
面：　公分，──（典藏經典；75）

譯自：坊っちゃん、夢十夜

ISBN 978-986-178-353-6（平裝）

861.57　　104003794

好讀出版

典藏經典 75

少爺與夢十夜

原　　著／夏目漱石
翻　　譯／高詹燦
總 編 輯／鄧茵茵
文字編輯／林碧瑩
美術編輯／鄭年亨
內頁設計／王廷芬
行銷企劃／劉恩綺
發 行 所／好讀出版有限公司
臺中市407西屯區何厝里19鄰大有街13號
TEL:04-23157795　FAX:04-23144188
http://howdo.morningstar.com.tw
（如對本書編輯或內容有意見，請來電或上網告訴我們）
法律顧問／陳思成律師

戶名：知己圖書股份有限公司
劃撥帳號：15060393
服務專線：04-23595819轉230
傳真專線：04-23597123
E-mail:service@morningstar.com.tw
如需詳細出版書目、訂書，歡迎洽詢
晨星網路書店 http://www.morningstar.com.tw

印　　刷／上好印刷股份有限公司 TEL:04-23150280
初　　版／西元2015年7月15日
初版二刷／西元2017年5月5日
定價：250元
如有破損或裝訂錯誤，請寄回臺中市407工業區30路1號更換（好讀倉儲部收）

Published by How Do Publishing Co. LTD.
2015 Printed in Taiwan
ISBN 978-986-178-353-6

讀者回函

只要寄回本回函，就能不定時收到晨星出版集團最新電子報及相關優惠活動訊息，並有機會參加抽獎，獲得贈書。因此有電子信箱的讀者，千萬別吝於寫上你的信箱地址

書名：**少爺與夢十夜**

姓名：______________ 性別：□男 □女　生日：____ 年 ____ 月 ____ 日

教育程度：______________________________

職業：□學生　□教師　□一般職員 □企業主管
□家庭主婦 □自由業　□醫護　□軍警　□其他 ____________

電子郵件信箱（e-mail）：______________________ 電話：______________

聯絡地址：□□□ ____

你怎麼發現這本書的？

□書店 □網路書店（哪一個？）______________ □朋友推薦 □學校選書

□報章雜誌報導 □其他 ________________________________

購買這本書的原因是：____

□內容題材深得我心 □價格便宜 □封面與內頁設計很優 □其他 __________

你對這本書還有其他意見嗎？請通通告訴我們：

____

你買過幾本好讀的書？（不包括現在這一本）

□沒買過 □ 1 ～ 5 本 □ 6 ～ 10 本 □ 11 ～ 20 本 □太多了

你希望能如何得到更多好讀的出版訊息？

□常寄電子報 □網站常常更新 □常在報章雜誌上看到好讀新書消息

□我有更棒的想法 ________________________________

最後請推薦五個閱讀同好的姓名與 **E-mail**，讓他們也能收到好讀的近期書訊：

1. ____

2. ____

3. ____

4. ____

5. ____

我們確實接收到你對好讀的心意了，再次感謝你抽空填寫這份回函

請有空時上網或來信與我們交換意見，好讀出版有限公司編輯部同仁感謝你！

好讀的部落格：http://howdo.morningstar.com.tw/

好讀的臉書粉絲團：http://www.facebook.com/howdobooks

請填妥後對折黏貼，直接投郵即可，無須貼郵票。

廣告回函
臺灣中區郵政管理局
登記證第 3877 號
免貼郵票

好讀出版有限公司　編輯部收

407 台中市西屯區何厝里大有街 13 號
電話：04-23157795-6　傳眞：04-23144188

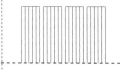

沿虛線對折

購買好讀出版書籍的方法：

一、先請你上晨星網路書店http://www.morningstar.com.tw檢索書目或直接在網上購買

二、以郵政劃撥購書：帳號15060393 戶名：知己圖書股份有限公司並在通信欄中註明你想買的書名與數量

三、大量訂購者可直接以客服專線洽詢，有專人爲您服務：客服專線：04-23595819轉230 傳眞：04-23597123

四、客服信箱：service@morningstar.com.tw

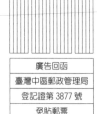